Jana Beek

Wolkenrot

Roman

Bibliographische Information der Deutschen Nationalbibliothek: Die Deutsche Nationalbibliothek verzeichnet diese Publikation in der Deutschen Nationalbibliographie, detaillierte bibliographische Daten sind im Internet über dnb.de abrufbar.

TWENTYSIX – Der Selfpublishing-Verlag
Eine Kooperation zwischen der Verlagsgruppe Random House und BoD – Books on Demand

Herstellung und Verlag: Books on Demand, Nordenstedt

ISBN: 9783740710996

Cover: Jana Beek
Layout: Marcel Schumann

-1-

Der Himmel war heute blau, klar und wolkenlos.

Und mein Rucksack jetzt schon viel zu schwer. Andererseits war ich erleichtert. Hinter mir lag endlich die schwere Zeit des Wartens, vor mir der Aufbruch in ein neues Leben. Ich lief jetzt bereits auf einem Weg, den ich vorher noch nie betreten hatte. Sah zum ersten Mal die Pflastersteine, die halb rausgefallen waren, die Bäume, die rechts und links an mir vorbeizogen und alte verfallene Häuserreste, die mit Grünzeug überwuchert waren. Nach fünfzehn Minuten fühlte ich mich frei, erlöst und schwebend. Nach dreißig Minuten hatte ich Angst vor einem großen und wuseligen Tier, welches ein paar Meter vor mir den Weg kreuzte und wieder im Gebüsch verschwand. Nach einer Stunde war ich mir sicher, dass ich mich verlaufen hatte und nach zwei Stunden wollte ich wieder nach Hause.

Der Weg, den ich genommen hatte, wurde schon lange nicht mehr benutzt und war entsprechend nicht mehr gepflegt. Ich stand mitten drin im Dickicht des mitteleuropäischen Waldes. Mischwald. Und das im Sommer, wenn die Blätter alle Sicht verdeckten. Und komische Wesen sich darin verstecken konnten. Wer wusste schon so genau, was da im Unterholz kreuchte, nachdem der Wald seit einem Jahrhundert sich selbst überlassen worden war?

Es konnte sein, dass ich die Orientierung verloren hatte. Es war erbärmlich. Vielleicht hätte ich gerne geweint. Aber ich war nicht der Typ dafür. Also fiel das weg. Vielleicht hätte ich gerne um Hilfe geschrien, doch das war sinnlos. Ich hatte schon vorher auf der Karte ausgecheckt, dass in dieser Gegend niemand wohnte. Vielleicht hätte ich mir gerne ein Loch gegraben, um darin zu verschwinden, aber das konnte ich wohl kaum Karlh antun, der in der fernen sibirischen Stadt auf mich wartete. Vielleicht hätte ich gerne, wie die Menschen früher, jemanden mit meinem mobilen Telefon angerufen, und mir Ratschläge erbeten. Aber das war auch passé. Und das Allerschlimmste war eigentlich, dass ich mit meinen ganzen Vielleichts wertvolle Zeit verstreichen ließ, denn der verdammte Zug konnte jeden Moment einfahren und der nächste danach erst wieder in zwei Wochen.

Aber an welcher Buche sollte ich denn abbiegen, an der kleinen schiefen Krumm-Buche oder an der dicken mächtigen Angeber-Buche? Es sah doch alles gleich aus. Da erinnerte ich mich an so einen blöden Spruch, den ich irgendwo gelesen hatte, ein Weg entsteht beim Gehen, oder so. Ich machte das jetzt so, immer weiter laufen. Das Laub knisterte unter meinen Schuhen. Dann hörte ich ein Geräusch und blieb stehen. Das war das Rattern der Bahn, so ein Mist. Egal, ich rannte in diese Richtung, kam auf eine Lichtung. Und sah die Station unter mir im Tal. Der Zug hielt dort, die Türen wurden geöffnet, und das Ein- und Ausladen begann. Ich musste da rein, raste an den Buchen vorbei und versuchte nicht über meine eigenen Füße zu stolpern. Rennen war nicht meine Stärke.

Die Männer und Frauen trugen Pakete herum, unterhielten sich, lachten. Und dann ging alles ganz schnell: Die Türen von den Güterwaggons wurden wieder zugezogen, die Entlader entfernten sich vom Bahnsteig und ich war immer noch nicht in diesem unserem einzigen Transportmittel.

Es war unmöglich, noch rechtzeitig anzukommen. Ich rutschte den Berg runter und hielt den Atem an. Der Zug fuhr noch nicht los. Ach ja, da kam auch der Lokführer, setzte sich vorne rein, schloss seine Tür. Meine Beine wurden vom vielen Laufen zu Gummi und ich bekam kaum noch Luft in die Lunge. Wie in Zeitlupe setzte mein Vehikel in eine andere Zukunft sich langsam in Bewegung. Es war eins der älteren Modelle, musste so aus dem Jahr 2200 gewesen sein, das merkte man an der dicken Container-artigen Außen-Struktur, die später aus Mangel an diesen Rohstoffen einfach nicht mehr gebaut wurden. Die späteren Güterwaggons hatten oft eine offene Tragfläche oder nur noch Plastikplanen aus dem Recycling von Lastwagen aus dem Jahr 2100, die es ja schon längst nicht mehr gab. Aber das Plastik hielt ja ewig. Der Plastikvorrat, der auf der Welt existierte, reichte noch für viele Generationen.

Es war sinnlos der Bahn hinterherzurennen. Aber sie nahm noch nicht richtig Fahrt auf. Und da kamen die Schienen plötzlich näher, wie durch ein Wunder. Ich war jetzt neben dem Zug, aber der war plötzlich so schnell, ich konnte gar nicht einschätzen, ob es jetzt eine gute Idee wäre zu versuchen, draufzuspringen. Ob das überhaupt technisch möglich wäre. Aus Filmen wusste ich, dass Leute das machten, aber ob ich das auch mit meinem schweren Rucksack und untrainierten Mädchen-Armen konnte?

Es stand alles auf dem Spiel. Wenn ich es jetzt nicht schaffte, aufzuspringen, dann würde ich von hier niemals mehr wegkommen, es war meine einzige Chance. Ich griff nach den Haltegriffen des vorbeifahrenden klappernden Transporters und es riss mir die Füße weg. Scheiße, eine blöde Idee. Aber jetzt bloß nicht loslassen. Meine Füße hatten keinen Halt und der Körper hing wie ein nasser Sack an dem wackligen Griff. Und rutschte ab. Mein Rucksack schlug rhythmisch gegen die Metall-Wände. Vielleicht hätte ich im Vorfeld mehr trainieren sollen und die entsprechenden Muskeln ausbilden, um mich auf diese Situation vorzubereiten? Wie zog man sich mit einer Hand an einem fahrenden Zug hoch?

„He!", rief da plötzlich eine Stimme aus dem Waggon.

Ich hatte kaum Kraft hochzuschauen. Und schon zerrte mich jemand ins Innere.

2

„Lass mich los", hechelte ich atemlos und rückte meine Jacke zurecht.

Ich sah in die Augen eines Mannes, den ich nicht kannte. Er setzte sich in eine andere Ecke zwischen ein paar Kisten. Ich starrte ihn an und überlegte, noch etwas zu sagen, aber konnte die richtigen Worte nicht finden. Er holte sein Laptop heraus und tippte darauf herum. Der Zug holperte über die Schienen und schüttelte uns synchron durch.

Ich war so froh hier drin zu sitzen. Die erste Hürde war genommen. Der Take-Off vollbracht. Ich zog meine Knie an mich heran und umfasste sie mit den Armen. Der Boden war hart und unbequem. Aber das Wichtigste war, dass es jetzt voranging, dass ich mein Heimatdorf endlich verlassen konnte. Es war schon schwer meine Geschwister und Eltern für wahrscheinlich immer zurückzulassen. Wir würden immer noch über die Internetverbindung Kontakt halten, aber ein physisches Wiedersehen war nahezu ausgeschlossen.

Es war dieser Moment, in dem ich das so richtig realisierte. Vorher war es mir bewusst, aber als Theorie. Die Menschen, mit denen ich die letzten

23 Jahre verbracht hatte. Ich legte den Kopf auf meine Knie und fühlte mich so allein. Es war eine bescheuerte Idee, nach Sibirien zu Karlh zu fahren, um dort in einer Photovoltaik-Anlage zu arbeiten. Das hätte ich auch hier irgendwo machen können. Und was, wenn ich mich mit ihm gar nicht verstand? Dann war alles umsonst und ich saß da in einer Region, in der die Bärenpopulation so stark gewachsen war und die Winter bis minus dreißig Grad gingen.

Ich merkte, wie meine Gedanken sehr unruhig wurden. Nicht gut. Ich wollte ja keinen Panikanfall bekommen. Also holte ich mein Laptop aus dem Rucksack. Klappte es auf. Hier war mein ganzes Leben drin. Alles. Angefangen mit meiner Schulbildung, dem Ingenieurs-Studium, dem beruflichen Coaching, meiner gesundheitlichen Anamnese, den psychotherapeutischen Sitzungen, hin zu den Gesprächen mit Karlh, der Musik, den Büchern, den Filmen. Natürlich hatte ich auch ein Backup auf irgendeinem externen Server, aber sollte ich mein Laptop verlieren, wäre es trotzdem eine Katastrophe.

Ich bekam es, als ich drei Jahre alt war und seitdem hatte es schon mehrere Generalüberholungen gesehen und war ein paar Mal kurz vorm Abkratzen, aber bisher hatte es immer noch die

Kurve bekommen. Ich strich über die Schrammen am Bildschirm, es wurde schon länger nicht mehr erneuert. Die Buchstaben auf den Tasten waren nur noch zu erahnen, sie hatten sich mit der Zeit einfach abgenutzt. Hier und da blätterte das Klebeband ab, standen Metall-Ecken ab, waren Schrauben lose. Ich öffnete die Datei mit dem Fahrplan, obwohl ich ihn schon auswendig kannte, ich wollte mich einfach nochmal vergewissern. Am späten Abend musste ich umsteigen, zum Glück am selben Bahnhof. Dann las ich mir nochmal durch, was ich letztes Mal mit meinem Coach besprochen hatte. Dass ich das Neue zulassen sollte, dass der Transit unangenehme Gefühle auslösen würde. Dass die Welt sich öffnen und ihre tausend Facetten zeigen würde. Und ich sie alle einatmen soll.

Ich hatte mehr das Gefühl, dass mein Hals wie zugeschnürt war. Drei Tage würde ich reisen, das musste doch zu schaffen sein. Ich öffnete ein Bild mit Karlh drauf. Seine braunen Haare, die ruhigen Augen, das schüchterne Lächeln. Hoffentlich war er nicht enttäuscht, wenn er mich sah.

Etwas später merkte ich, wie wir langsamer wurden. Durch die geöffnete Tür sah ich ein paar Häuser vorbeiziehen. Der Zug hielt an und ich schaute verstohlen zu dem anderen Passagier rüber, der seine Sachen liegen ließ und ausstieg. Ich ging ihm nach.

Der Bahnsteig war schon länger weggebrochen, man konnte ihn aber noch erahnen. Ich sprang runter.

„Du", kam dann sofort ein älterer Mann auf mich zu, „bist zu spät gekommen und hast dich an den fahrenden Zug gehängt, das ist verboten."

Er hatte einen orangenen Overall an, sein Schnurrbart zuckte auf und ab. Ich senkte meinen Blick und schaute auf den Boden. Auf die Steine vom zerfallenen Bahnsteig.

„Ich sehe, du bist ja noch ein junges Mädchen. Ist deine erste Reise, oder?", fragte er.

Ich nickte.

„Dann will ich mal nicht so sein. Aber mach das nie wieder. Das ist gefährlich, du wärst nicht die erste, die ich von den Gleisen kratzen müsste, verstehst du?"

Ich nickte wieder und hoffte, mich einfach nur in Luft auflösen zu können.

„Hier, ich brauche noch deine Bestätigung", er holte ein Mini-Laptop aus seiner Seitentasche, und ich hatte Angst, es anzufassen, weil es so aussah, als würde es gleich in seine Einzelteile zerfallen. Vorsichtig gab ich meinen Code samt Fingerabdruck ein und er steckte es wieder ein.

„Wir machen jetzt eine halbe Stunde Pause, es dauert länger, bis alles verladen ist. Da vorne ist ein Internetanschluss und du kannst dir auch was zum Essen besorgen", sagte der Zugführer und lief weiter.

„Ach ja, wenn du etwas brauchst, komm einfach zu mir", drehte er sich noch im Gehen um.

Ich traute mich gar nicht, mich von der Stelle zu rühren. Ich hatte das Gefühl, mich vor der gesamten Welt blamiert zu haben. Als ich wieder aufschaute, sah ich, dass der andere Mitfahrer an dem, was mal früher ein Bahnhofsgebäude war, stand und sein Laptop auflud. Ich holte mein Gerät und ging ihm nach. Hier sah die Landschaft immer noch genau so aus, wie die Gegend, aus der ich kam. Viel Wald, viel Verfall, aber etwas mehr Häuser und Höfe, soweit ich das sehen konnte. In weiterer Ferne eine größere Halle, vielleicht eine Industrieanlage?

Als ich so wartete, bis ich auch mal an den Internetanschluss dran konnte, kam eine ältere Frau zu mir.

„Willst du was essen?", fragte sie mich und ich sah schon ihren Korb, der mit einem ausgewaschenen Handtuch bedeckt war.

Ich hatte einen Riesenhunger.

„Ja", sagte ich und sie zog das Tuch zur Seite. Zum Vorschein kamen belegte Brote.

„Wie viel kosten die?", fragte ich.

„Die Brote zwei und ich hab noch Gurken und Tomaten, ein gekochtes Ei, die jeweils eins und gefüllte Paprika, die auch zwei."

Ich versuchte in meinem Kopf auszurechnen, wie viel ich mir leisten konnte und entschied mich für zwei Brote und eine Paprika. Die Frau hielt mir ihr Laptop hin und ich gab meinen Code ein und bestätigte mit dem Fingerabdruck, damit wir die Transaktion abwickeln konnten. Sie ging weiter zu den anderen und alle holten sich was zu essen. Dann war ich endlich dran.

Das Kabel, das mehr oder weniger aus einer Wand hing, machte klick. Ich setzte meine Kopfhörer auf und rief zuerst zu Hause an.

„Endlich meldest du dich", sagte meine Mutter und ich sah ihr Gesicht, das den ganzen Bildschirm ausfüllte.

Es war das erste Mal, dass ich mit meiner Familie telefonierte. Und wahrscheinlich gab es ab jetzt keinen anderen Kontakt mehr.

„Wie ist es bis jetzt gelaufen?", fragte sie mich und ich sah, wie sie sich ein paar Tränen wegwischen musste.

„Alles okay. Ich bin auf Kurs."

„Hast du was gegessen? Und einen halbwegs bequemen Platz?"

Bevor ich was sagen konnte, kamen mein Bruder und meine Schwester angerannt.

„Wie ist es da draußen? Was für Abenteuer hast du schon erlebt?", rief Tim, der rund zehn Jahre jünger war als ich.

„Puh", sagte ich, „es ist noch nicht besonders viel passiert."

Die Sache mit dem auf-den-Zug-springen, von dem mir immer noch die Arme verdammt wehtaten, wollte ich lieber verschweigen.

Meine Schwester Paula stand schweigend hinter meiner Mutter, sie war fünf Jahre jünger und konnte sich nicht richtig damit abfinden, dass ich mich entschieden hatte, tausende von Kilometern weit wegzuziehen.

„Ist bei euch denn alles in Ordnung?", fragte ich.

„Was soll schon sein, alles beim alten. Dein Vater ist noch auf der Arbeit."

„Grüß ihn von mir", sagte ich und sah, dass hinter mir jemand auf den Internetanschluss wartete. „Ich muss Schluss machen. Ich melde mich wieder."

Wir verabschiedeten uns und ich lud noch schnell meine neuen Nachrichten runter. Machte den Platz für einen Mann im orangenen Overall frei, er war bestimmt einer der Arbeiter, der beim Umladen half.

Als ich wieder im Waggon saß, sah ich, dass mehr Kisten drin standen und unser Platz etwas zusammengeschrumpft war. Ich begann zu essen und las mir die neuesten Entwicklungen auf der Welt durch. Die in dem halben Tag, den ich jetzt unterwegs war, passiert waren. Es stand mal wieder eine Serverüberholung an, deshalb würde die Internetverbindung in der Nacht nicht zur Verfügung stehen. Betroffen wären die Regionen Europa und westlicher Teil von Asien. Der Schiffsverkehr nach Australien wurde seit letzter Woche schon komplett eingestellt, weil die Aufrechterhaltung der Grundversorgung einfach zu aufwändig geworden war. Die letzten verblieben, registrierten Bewohner wurden umgesiedelt, ob noch andere dort lebten wusste man von offizieller Seite nicht. Die Entscheidung war sehr umstritten, schließlich gab es viele Jahrzehnte über riesige Sonnenkollektor-Anlagen dort, die ordentlich Strom lieferten. Aber wie überall wurde die Besiedlung immer dünner und für die paar Hundert Menschen noch die ganze Infrastruktur mit Lebensmittellieferungen, medizinischer Versorgung und technischer Wartung aufrecht zu erhalten, lohnte sich einfach nicht mehr. Die „kleineren" Inseln wie Neuseeland, Island, Madagaskar etc. wurden schon lange aufgegeben, die Zivilisation zurückgebaut, so gut es ging und die technische Ausstattung recycelt. Selbst die Gegend, aus der ich kam, war schon sehr am Zerfallen. Wenn meine Geschwister groß waren, blieben bestimmt nur noch eine Handvoll Familien dort und die Versorgung wurde irgendwann eingestellt. Für mich mit ein Grund in die dicht besiedelte Region in Sibirien zu ziehen, um eine Perspektive zu haben.

Als ich noch ein paar Nachrichten von Karlh las, setzte sich der Zug wieder in Bewegung. Ein euphorisches Gefühl durchzog mich dabei. Vor zwei Jahren hatten Karlh und ich uns kennen gelernt und jetzt war ich endlich auf dem Weg zu ihm. Ein Jahr Vorbereitung, Genehmigungen einholen und Geld sparen, und jetzt konnte ich mich endlich selbst umsiedeln.

Draußen fing es an zu dämmern und es wurde kühler. Ich legte mir die Jacke über und rollte mich zusammen. Der andere Passagier lag mehr oder weniger direkt neben mir und las noch auf seinem Laptop, das fahle Licht des Bildschirms leuchtete hinter meinem Rücken.

Ich merkte gar nicht, wie ich eingeschlafen war, das Ruckeln des Zuges hatte mich einfach weggetragen. Ich war noch tief in meinen Träumen versunken, als ich Schreie hörte, die ich anfangs noch in meinen Traum einbaute. Doch dann rissen sie mich doch raus und ich richtete mich schnell auf. Es dauerte einen Moment, bis ich mich erinnerte, wo ich war. Die Welt fühlte sich kalt und unbequem an.

„Was ist passiert?", murmelte ich.

„Ich weiß es nicht", sagte der andere.

Ich merkte, dass der Zug stand und es draußen stockdunkel war. Schon wieder das Schreien von draußen. Wir kletterten aus dem Waggon heraus, es war so fröstelig, dass ich mich krümmte und die Jacke festzog. Soweit ich erkennen konnte, standen wir auf einem kleineren Bahnhof, ein paar Waggons weiter war eine größere Ansammlung von Menschen, wir gingen da hin.

„Er ist beim Verladen ausgerutscht", murmelte jemand. Als ich zwischen die Schultern und Köpfe der anderen schaute, sah ich einen Mann am Boden liegen.

„Habt ihr schon einen Arzt kontaktiert?", fragte ich.

„Die Server werden doch heute Nacht überholt und wir bekommen sowieso kein Kabel hierher“, sagte einer.

Der Mann am Boden stieß wieder einen Schrei aus.

„Lass mich mal gucken“, sagte ich und schob die anderen zur Seite.

Der Lokführer kniete ebenfalls am Boden und drückte dem Mann ein Handtuch an die Seite. Das Blut floss zwischen seinen Fingern durch. Ein anderer hielt die schmerzverkrampfte Hand. Ich erkannte den verletzten Mann, es war der, der sich am Vortag hinter mir an der Internetverbindung angestellt hatte.

„Was ist genau passiert?“, fragte ich.

„Er ist ausgerutscht und ins Gleisbett gefallen, dummerweise steckte aus dem abgebrochenen Bahnsteig noch eine Eisenstange, die sich in seine Seite gebohrt hatte“, sagte der Zugführer.

„Ach du scheiße“, stieß ich aus. „Gib mir mal Licht, ich muss mal in seine Augen gucken.“

„Bist du Ärztin?“, fragte der Zugführer.

„Nein, meine Mutter. Hab schon einige Unfälle gesehen. Nur auf dem Bildschirm versteht sich.“

Jemand reichte mir eine Taschenlampe und ich leuchtete in seine Augen. Die Iris zog sich nicht zusammen. Ich fühlte seinen Puls. Sehr schwach.

„Lass mich mal die Wunde sehen", sagte ich und der Zugführer hob das Handtuch hoch.

„Die Stange war schon tief drin oder?", fragte ich.

Er nickte.

Ich drückte vorsichtig auf den Bauch, der Mann krümmte sich noch mehr.

„Habt ihr Schmerzmittel für ihn?", fragte ich. Kopfschütteln.

„Hol welche aus meinem Rucksack, schnell", rief ich meinem Mitreisenden zu und er lief los.

„Wir können nichts mehr für ihn machen", flüsterte ich dem Zugführer zu und hoffte, dass der Verletzte es nicht hörte. „Die inneren Organe sind zu sehr beschädigt. Der nächste Arzt ist hunderte von Kilometern weit weg."

Wir schauten uns in dem fahlen Licht an. Seine Augen sahen auf einmal sehr alt und müde aus. Man sah ihm die tausenden von Kilometern, die er auf den Schienen verbracht hatte, an.

„Hast du sowas schon mal gemacht?", fragte ich.

Er nickte.

„Wir brauchen jemanden, der das ganze aufzeichnet. Hier, du da, nimm mein Laptop“, sagte er zu dem, der die Hand des Verletzten hielt.

„Heute ist der vierte August des Jahres 2304. Eddie Schwerdtner, der hier am Boden liegt, verunglückte vor ungefähr einer Stunde beim Verladen auf dem Bahnsteig, eine Stange bohrte sich in seinen Bauch. Ich, Graegor Koch und die Passagierin Miera Shulze, sind beide unabhängige Zeugen, dass er es nicht mehr schaffen wird rechtzeitig zum Arzt gebracht zu werden...“

„Hier sind die Schmerzmittel“, wurde zu uns durchgereicht.

Ich hob den Kopf des Mannes. Sein ganzer Körper war schlaff.

„Er hat schon das Bewusstsein verloren“, sagte ich und fühlte nochmal seinen Puls, der ganz schwach war.

„Als Personalverantwortlicher des Zuges sehe ich mich gezwungen, ihn von seinem Leiden zu erlösen“, sagte Graegor.

Er stand auf, lief los und kam kurze Zeit später wieder.

Ich half ihm, die Vene des Mannes zu finden, was gar nicht so einfach war. Er gab ihm eine Spritze, woraufhin das Herz aufhörte zu schlagen.

Wir saßen alle stumm da schauten auf Eddie.

Es fing an, hell zu werden. Ein paar der lokalen Männer kamen mit einer Trage, wir legten Eddie rein und sie transportierten ihn zum Friedhof vor Ort. Graegor klärte die Formalitäten und zeichnete mit seinem Code ab, sodass die Arbeit der Männer verrechnet werden konnte.

Erst da sah ich die riesige Blutlache, in der wir die ganze Zeit gestanden hatten. Ich wollte mich waschen, aber Graegor sagte, wir wären zu sehr in Verzug und würden am nächsten Bahnhof einen längeren Halt machen, es wäre noch eine Stunde Fahrt. Absolut irritiert kletterte ich in den Waggon und setzte mich abseits von meinen Sachen, um alles nicht noch mehr einzusauen.

Der Zug setzte sich in Bewegung und so langsam dämmerte mir, was gerade passiert war. Dieser Mann, er war einfach gestorben. Der Zustand unserer medizinischen Versorgung war mir selbstverständlich schon vorher sehr genau bewusst gewesen. Die notwendigen Maßnahmen, die in einem solchen Fall ergriffen wurden, hatte ich schon in zahlreichen Variationen in Videoaufnahmen gesehen. Mit dem Unterschied, dass das Blut des Mannes jetzt an mir klebte. Langsam trocknete und braun wurde. Meine Kleidung konnte ich im Prinzip wegwerfen. Wenn es nicht einen eklatanten Rohstoffmangel gäbe und Wegwerfen keine Option wäre. So musste ich wohl für den Rest meines Lebens mit den Spuren dieses Vorfalls leben.

„Das hast du gut gemacht", sagte der andere Passagier.

Ich schüttelte meinen Kopf. Ich erinnerte mich an das ganze Blut von Tim auf mir, als er sich mit der Schere in die Finger geschnitten hatte, es schoss einfach nur so raus. Zum Glück konnte meine Mutter es nähen. All die Leute, die nicht rechtzeitig die notwendige medizinische Versorgung bekamen... Kein Wunder, dass es immer weniger Menschen gab. Und je weniger es gab, desto dünner besiedelt war der Planet, desto weniger Ärzte gab es, desto weniger lebensverlängernder Maßnahmen kamen zum Einsatz und so weiter. Und dann lief das Blut einfach aus dem Körper und niemand konnte es stoppen. Die inneren Organe zerfetzt, ihre dünne und verletzliche Hülle gerissen.

In meinem Kopf wurde es plötzlich ganz ruhig. Die Gedanken verstummten. Ich hörte das Blut durch meinen Körper pumpen. Meine immer noch hektische Atmung. Das Knirschen meiner Zähne. Ich starrte auf den kleinen Ausschnitt der Tür, den wir offen gelassen hatten, um etwas

Licht im Abteil zu haben. Grünzeug zog dort vorbei.

Ich wusste nicht, wie lange ich da so gesessen hatte. Als ich wieder zu mir kam, standen wir an einem Bach, ich hielt meine Hände hinein. Das kalte Wasser durchströmte meine Finger. Der andere Mitreisende gab mir ein Stück Seife und half mir, meine Hände sauber zu machen. Irgendwie ging das Blut so schwer ab, es war schon eingetrocknet.

„Soll ich dich lieber allein lassen?", fragte er und ich sah das erste Mal ganz kurz in sein Gesicht.

Er war bestimmt älter als ich, hatte kurze braune Haare, buschige Augenbrauen und dunkle Augen.

„Nein", murmelte ich. „Ich weiß doch gar nicht, was ich machen soll. Was soll ich machen?"

„Dein T-Shirt... deine Hose..."

„Was ist damit?"

„Warte, ich hol dir was Neues, ja?"

Ich nickte. Das Wasser strömte immer noch durch meine Hände. Es war kalt. Ich war kalt. Es war alles kalt. Ein kalter Himmelskörper in einem kalten Universum.

Der andere kam zurück mit neuer Kleidung. Ich streifte mir die alte ab und zog sie mir über.

Der Mann begann die Sachen im Bach zu waschen, rieb sie mit Seife ein. Es war faszinierend, dabei zuzuschauen. Wie er den Stoff immer wieder auswrang und das Rot dabei mehr und mehr verblasste.

„Wie heißt du eigentlich?", fragte ich.

„Silas."

„Ich bin Miera."

Irgendwo hörte ich Graegor „Abfahrt!" rufen und wir nahmen unser Zeug und liefen wieder zu den Gleisen.

3

Das Blut war ab. Aber ich hatte das Gefühl, es immer noch auf mir zu spüren. Hinzu kam noch diese Traurigkeit. Das Leben war auf einmal so sinnlos. Es war so dünn und zerbrechlich. Ich wollte auf einmal nirgends mehr hin fahren. Diese ganze Reise war die reinste Schnapsidee. Sein ganzes Leben dafür umzukrempeln, dass man zu jemandem fuhr, den man nicht kannte und sich davon versprach endlich irgendwo anzukommen, wo man verstanden wird. Ich kannte niemanden, der mich verstand. Meine Familie nicht und die andere Handvoll Leute, die in unserer Nähe wohnten, ganz sicher auch nicht. Ich hatte noch nie eine Freundin oder einen Freund, den ich persönlich mit Fleisch und Blut, getroffen hätte. Es lief ja alles über die Online-Kommunikation. Schule, Ausbildung, Studium, Therapie, Coaching, Partnersuche. Meine Eltern und Geschwister waren okay. Aber wie waren die anderen Leute hier draußen? Ich war wie ein Alien auf meinem eigenen Planeten. Ja, selbst ich war ein Alien für mich selbst. Ich kannte mich nicht. Jedenfalls kam es mir jetzt gerade so vor. Ich kannte es nicht von mir, dass ich auf fahrende Züge aufsprang. Dass ich blutüberströmt irgendwo saß.

Dass mir jemand beim Umziehen helfen musste. War ich stark oder schwach? Klug oder dämlich? Empfindlich oder belastbar? Fröhlich oder deprimiert? Verschlossen oder extrovertiert? Ängstlich oder entschlossen? Auf jeden Fall war ich jetzt einfach nur müde. Ich legte mich hin und schloss meine Augen.

Als der Zug das nächste Mal hielt, wollte ich gar nicht aussteigen. Die vier Wände meines Waggons kamen mir sicherer und vertrauter vor. Ich sah, wie Silas seine Sachen packte und seinen Rucksack mit nach draußen nahm.

„Was machst du?", fragte ich.

„Ich muss umsteigen. Der Zug fährt ja nach Norden und ich muss in den Osten", sagte er.

„Okay", sagte ich und packte schnell meinen Laptop aus.

Checkte meinen Fahrplan. Unsere Ankunftszeit hatte sich wegen der Verspätung wohl verschoben.

„Wo sind wir hier?", rief ich Silas hinterher.

„56. Bahnhof", rief er zurück.

Ich musste auch hier raus. Heute Abend würde der Anschlusszug kommen. Verdammt, ich war noch nicht bereit umzusteigen. Ich war so ziemlich für nichts bereit. Und ich dachte vorher noch, ich wäre übervorbereitet. Hatte extra so ein

Seminar besucht zum Thema Reisen. Mittlerweile fragte ich mich aber, ob die gute Dame, die das gab überhaupt jemals ihre vier Wände verlassen hatte. Da war die Rede davon, sich dem Neuen zu öffnen, aufmerksam zu sein, auf Fremde zuzugehen und seine Beobachtungen kreativ zu verarbeiten. Ich hatte aber eher das Bedürfnis, mich mal richtig zu duschen, in einem Bett zu schlafen und irgendeine Orientierung zu haben.

Ich nahm meinen Rucksack und stieg aus.

„Richtig, Miera", kam mir Graegor entgegen, „du musst zusammen mit Silas umsteigen. Viel Glück. Und bitte, spring nie wieder auf einen fahrenden Zug drauf. Das klappt meistens nicht. Also lass es, ja?"

Ich nickte und schlurfte zu den Bänken, die unter einem Vordach angebracht waren. Silas war gerade am Internetanschluss und telefonierte. Es standen noch ein paar andere Leute beisammen und ich ging vorsichtig hin, um zu schauen, ob ich noch etwas zum Essen bekommen würde. Tatsächlich war da so ein kleinerer Junge, der einen Handwagen mitführte. Es war mir unangenehm, ihn einfach anzusprechen. Andererseits war es schon mittags und ich hatte noch nichts gegessen.

„Kann ich dir noch etwas abkaufen?", fragte ich schließlich.

Wortlos öffnete er die Klappe von dem Wagen und ich sah, dass dort Äpfel, Gurken und Tomaten drin waren. Außerdem noch ein paar Brezeln. Ich nahm mir ein paar der Sachen und bezahlte. Früher gingen meine Schwester und ich auch oft zu unserer lokalen Bahnstation, um selbst Angebautes zu verkaufen und ein bisschen was für die Haushaltskasse zu verdienen. Aber wir wurden nie viel los. An unserem Ort fuhren nicht viele Züge und nicht viele Menschen vorbei, mit den Jahren wurden es immer weniger. Mittlerweile bekamen wir nur noch einmal im Monat die Lieferungen mit den Lebensmitteln, Medikamenten und den Ersatzteilen für die Geräte. Früher oder später würde die Station nicht mehr angeliefert werden.

Ich setzte mich wieder. Jetzt waren nur noch Silas und ich da. Die Wolken zogen langsam am Himmel vorbei. Sie waren weiß und füllig, der Hintergrund blau.

„Wo fährst du eigentlich hin?", fragte ich ihn.

„In den äußersten Osten", sagte er und biss in seinen Apfel.

„Was? Sind da überhaupt noch Siedlungen? Meinst du Nordosten oder Südosten?"

„Nordosten. Tundra. Wir haben vor ein paar
Monaten die Meldung bekommen, dass die letzten Bewohner verzogen beziehungsweise ver-
storben sind. Die Zugverbindung wird jetzt eingestellt und jetzt geht es um die Rohstoffe, die
zurückgebaut werden. Ich werde mich darum
kümmern."

„Wow, was für eine Aufgabe. Ich meine, die
Klimaverhältnisse waren dort sowieso so extrem,
wie konnten die Leute überhaupt so lange bleiben?"

„Das frage ich mich auch. Menschen sind
merkwürdig, nicht?"

Ich nickte.

„Und du?", fragte er.

„Ich bin unterwegs in die südsibirische
Hauptstadt, um bei den Solaranlagen mitzuarbei-
ten."

„Dort sind die Winter aber auch extrem, hast
du dir das gut überlegt?"

„Ja. Hast du gestern von Australien gehört?"

„Klar. Meine Firma hat ja an der ganzen Sache maßgeblich mitgearbeitet."

„Lebt dort wirklich keiner mehr?"

„Wir wissen es nicht. Wenn in den nächsten
Monaten das Recyceln anfängt, taucht vielleicht
noch jemand auf, das war bisher immer so."

Da fiel mir ein, dass ich mich unbedingt bei Karlh melden wollte.

„Ich bin gleich wieder da", sagte ich und lief zum Internetanschluss.

Auf dem Weg merkte ich, wie schwer meine Füße waren. Ich blieb vor dem Kabel stehen, welches aus dem grauen Kasten hing und fragte mich, wie das der wichtigste Anschluss an die Welt sein konnte. Was bisher so selbstverständlich war, erschien mir jetzt wie eine simplizistische und vermittelte Welt, die nichts mit dem zu tun hatte, was ich in den letzten Tagen erfahren hatte. Mein Gewissen drängte mich dennoch, diesen Anruf zu tätigen, der mir gerade so schwer fiel und ich setzte meine Kopfhörer auf, schloss das Laptop an.

„Da bist du ja endlich", sagte Karlh mit verschlafener Stimme. Die Nacht war bei ihm schon angebrochen. „Wie geht es dir?"

„Ich warte gerade auf den Anschlusszug."

„Und, wie ist es da draußen?"

„Es ist... gewöhnungsbedürftig."

Ich merkte, wie ich so gar keine Lust auf Reden hatte. Vor allem nicht mit jemanden, der so weit weg war von dem Geschehen. Ich hatte keine Lust zu erklären, was passiert war. Wir schwiegen uns einen Moment an.

Meistens mochte ich unsere Gespräche sehr gern, die Partnervermittlung hatte ganze Arbeit geleistet. Anders als mit meiner Familie konnten wir uns stundenlang über die neuesten technischen Entwicklungen, den Zustand der Gesellschaft und die alten Sachen, die es jetzt nicht mehr so in dem Maße gab, also Musik, Kunst und Literatur, unterhalten. Karlh hatte einen sehr schnellen und treffsicheren Verstand und es machte Spaß, ihm beim Denken zuzuhören. Manchmal war ich so fasziniert davon, dass wir die Zeit vergaßen und bis tief in die Nacht über die neuen Sonnenkollektoren sinnierten, über die Menschen aus dem 22. Jahrhundert lachten oder versuchten, den Expressionismus zu verstehen.

Aber heute war nicht einer dieser Tage.

„Wie geht es dir denn?", fragte ich.

„Alles okay", gähnte er. „Ich hab schon alles für deine Ankunft vorbereitet. Gestern habe ich mit dem Nachbar die Möbel von der Bahnstation abgeholt. Das war ein Akt. Hoffentlich muss ich das nie wieder machen. Du hast jetzt deinen eigenen Tisch, Stuhl, Schrank... soll ich es dir zeigen?"

„Schon okay", winkte ich ab. „Ich... ich glaube ich muss los. Ich melde mich morgen wieder, ja?"

Wir verabschiedeten uns und ich nahm erleichtert die Kopfhörer ab. Schrieb schnell noch eine Nachricht an meine Familie und ging dann zurück zu Silas.

„Wann kommt unser Zug?", fragte ich.

„Er müsste jetzt einfahren. Übrigens, wir haben denselben Weg. In Südsibirien fahre ich auch vorbei. Mache dort ein paar Tage Pause und dann geht es weiter."

„Dann bist du ja ewig unterwegs."

„Ja, das trifft es", sagte er und lachte. „Ich glaube seit dem Abschluss meines Studiums, das müsste vor zehn Jahren gewesen sein, war ich nur auf Achse. Anfangs fand ich das aufregend und schön und dann irgendwann konnte ich mich nicht mehr niederlassen, es kam ein Auftrag nach dem nächsten."

„Du hast bestimmt schon die halbe Welt gesehen?"

„Fast."

„Es ist komisch, dass es nur zwei Arten von Menschen gibt, die die entweder nie ihren Heimatort verlassen und die, die ausschließlich unterwegs sind. Ich habe gehört bei den Lokführern und Förstern wäre es so."

„Das stimmt. Der gesellschaftliche Wandel macht es notwendig. Die Sesshaften müssen das Gemüse anbauen und die Kinder großziehen und die Unsteten müssen die Industrieanlagen und die Infrastruktur am Laufen halten. Schlimm genug, dass es keine funktionierenden Satelliten, Handynetze und Straßen mehr gibt. Wenn wir jetzt noch unsere Gleise und die Internetverbindung aufgeben, dann können wir gleich in Erdhöhlen hausen und Wurzeln knabbern."

„Danke", erwiderte ich. „Das ist wirklich viel Arbeit. Ich meine, du opferst dein ganzes Leben dafür, oder?"

„Es macht mir Spaß. Wenn man das machen kann, was einem Spaß macht, das ist ein Segen."

Seine Augen schweiften ab in die Ferne und ich konnte nicht ausmachen, ob es ehrlich gemeint war, was er gesagt hatte. Die Gesichter von Menschen lesen, das war mein großer Schwachpunkt. Ich hatte einfach zu wenig Übung.

Ich aß noch was von meinen Vorräten und lehnte mich auf der Bank zurück. Müdigkeit fiel über meine Augen und ich schloss sie. Sofort erschienen hunderte von verschiedenen Bildern in meinem Kopf und schwirrten dort herum. Es war alles so viel.

„Also so langsam müsste die Bahn eigentlich mal kommen", sagte Silas und ich wollte meine Augen wieder öffnen, aber die Lider waren so schwer. „Ich schau mal nach, ob eine Verspätung durchgegeben wurde."

Er stand auf und lief los. Währenddessen versank mein Körper immer mehr in Müdigkeit. Reisen war irgendwie anstrengend. Nicht vorstellbar, dass manche das nonstop zwanzig oder mehr Jahre machten.

„Schlechte Nachrichten", sagte Silas plötzlich neben mir.

Ich musste wohl kurz weggedöst sein. Ich richtete mich auf.

„Was?", fragte ich.

„Ich habe gerade gelesen, dass unser Zug einen Totalausfall hatte. So ein Mist."

„Was?"

„Wir kommen hier nicht weg. Und es wird langsam Abend. Das ist nicht zu glauben. Weißt du, wie oft ich auf diesen Scheiß-Bahnstationen übernachten muss, weil mal wieder irgendwas von so einem klapprigen Waggon abfällt?"

„Nein", sagte ich.

„Und weißt du, was das Schlimmste ist? Bis der jetzt repariert ist, das dauert. Und der nächste kommt erst in einer Woche. Wenn überhaupt. Der fährt ja immer so eine Runde, wahrscheinlich kommt der noch nicht mal dann, weil es ja derselbe Zug ist."

Silas schlug die Hände über dem Kopf zusammen.

„Gibt es denn da keinen Ersatz?"

Ich begann gerade erst, wieder wach zu werden.

„Machst du Witze? Wo soll der herkommen?"

„Und was machen wir dann?"

„Sieht nicht gut aus. Also die Fahrplan-Info", er klappte sein Laptop auf und ich sah gleich, dass er ein wesentlich moderneres hatte, weil es nicht kurz vorm Auseinanderfallen war, „sagt mir, dass wir entweder warten können oder zu einer anderen Bahnstation laufen. In ungefähr vier Stunden wären wir an einem Haltepunkt, von dem wir erstmal in den Süden fahren würden, um dann auf eine andere Verbindung draufspringen, die nach Sibirien fährt. Also noch einmal umsteigen."

Ich starrte auf eine Europa-Asien-Karte mit den einzelnen Stationen und Knotenpunkten, die mal nah bei einander lagen und dann wieder weit voneinander entfernt, je nach Siedlungsdichte.

„Wie viel kostet das?", fragte ich.

„Es wird schon etwas teurer."

„Mein Reisebudget ist sehr eingeschränkt, ich weiß nicht ob ich mir das leisten kann. Und die vier Stunden laufen... das schaff ich nicht mit dem schweren Rucksack. Ich bin jetzt schon k.o. Und wo sollen wir überhaupt übernachten? Oh nein, mein ganzer Plan ist dahin."

Ich sah, wie Silas irgendwas erzählte und auf seinem Laptop herumtippte, aber ich hörte nichts mehr außer meinen lauten Gedanken, die gegen meine Schädeldecke pochten. Und mit diesem Klopfen kam immer recht zuverlässig das Hyperventilieren und die Angst, gleich umzukippen. Panik. Mich packte die nackte Panik, die mir kalt den ganzen Körper runterlief. Ich wusste gar nicht so genau, warum, es überfiel mich einfach. Und es war mir furchtbar peinlich, was die ganze Panikattacke noch verstärkte, sie mit Futter versorgte. Sie lebte von negativen Gefühlen, nährte sich daran. Ich muss mich jetzt sofort zusammenreißen, dachte ich. Es war natürlich sinnlos. Diese scheiß Panikattacken, nichts half. Noch nicht einmal meine Therapeutin konnte mir helfen. Sie hatte einfach keine Ahnung, dabei war sie doch extra dafür da, für sowas. Da sah man mal wieder, wie die Qualität der Ausbildungen heutzutage abnahm. Ohne Praxisteil war das ja auch kein Wunder. Und deswegen saß ich jetzt hier, in Schockstarre wie ein Eichhörnchen.

Als nächstes spürte ich Silas Hand auf meiner Schulter. Er rüttelte an mir. Es fühlte sich ungewohnt an, denn Berührungen kannte ich nicht.

Wenn überhaupt, als meine Mutter mich getragen hatte als ich noch klein war, aber das war alles schon so lange her. Und durch Eddie, dessen Puls ich gefühlt hatte. Oh Gott, diese Geschichte. Mein Blutdruck schnellte wieder nach oben. Silas schüttelte immer mehr an mir.

„Was ist los?", hörte ich schließlich seine Stimme von irgendwoher.

Ich sprang auf.

„Ich... ich weiß nicht, was ich machen soll. Ich schaff das nicht nach Sibirien, es geht nicht. Diese Welt ist mir zu viel..., das ganze hier..., das ist alles so fremd und unwirklich."

„Keine Angst, das ist alles ganz normal. Wir finden eine Lösung. Beruhig dich erstmal."

„Nein. Es ist aussichtlos. Mein Geld reicht vielleicht noch für den Weg zurück. Und du musst mir auch gar nicht helfen, das brauchst du wirklich nicht. Wir kennen uns überhaupt nicht. Am besten, du läufst jetzt los, damit du den anderen Zug noch bekommst und ich bleibe und warte, was hier so vorbeifährt."

„Ähm, wenn ich mir eine Bemerkung erlauben darf", sagte Silas und ich setzte mich wieder neben ihn, „du durchlebst gerade den ganz normalen Draußen-Koller, den ich schon so oft gesehen habe. Das ist ganz normal. Alles erscheint bedrohlich, unplanbar, schief und unvollständig. Und ich finde es ja auch anstrengend, glaubst du ich hab jetzt Lust, vier Stunden durch Dickicht zu wandern und am Ende wissen wir nicht, wo wir ankommen und ob der andere Zug überhaupt Platz für uns hat? Das ist jetzt einfach nur scheiße, das muss man mal so sagen. Lektion eins im Outdoor-Leben: Wir reißen uns zusammen, okay?"

Ich musste erstmal schlucken. Dann musste ich wieder an mein Seminar denken, das mich auf diese Reise vorbereitet hatte. Von einem Outdoor-Koller wurde dort nichts erzählt! Hatten mich denn alle einfach nur eingelullt und es war alles ganz anders? Ich hatte doch so viele Videos gesehen und Reiseberichte gelesen, da war nie die Rede von Menschen, die vor einem verbluten oder Zügen, die ausfielen.

„Also wenn wir schon Klartext reden: ich kenne dich überhaupt nicht. Ich vertraue niemanden, den ich nicht kenne. Du könntest mir sonst was erzählen. Wahrscheinlich hast du schon längst über mich recherchiert und rausbekommen, wie grün ich hinter den Ohren bin. Und jetzt soll ich mit dir durch die Wildnis ziehen? Wir wissen alle, wie gefährlich das ist. Das mache ich nicht."

„Gut, es ist in Ordnung. Ich reise sowieso lieber allein", Silas stand auf und nahm seinen Rucksack. „Ich muss jetzt los, es wird bald dunkel."

Und dann lief er einfach den Bahnsteig runter. Ich war verwirrt. Was mir verdammt nochmal fehlte, war die Praxiserfahrung bezüglich der Kommunikation mit Leuten, die man nicht kannte. In die Theorie hatte ich mich natürlich eingearbeitet. Aber das nützte mir jetzt nichts, wie ich merkte. Wie sollte ich mich jetzt verhalten. Wie sollte man sich nur so schnell entscheiden, bevor man alle Fakten kannte und eine Nacht darüber geschlafen hatte.

Ich schnappte mir meinen Rucksack, hievte ihn auf meinen Rücken und folgte Silas. Bauchgefühl. Hoffentlich täuschte es mich nicht.

-4-

Schweigend liefen wir nebeneinander her. Es ging auch noch bergauf. Nach einer Stunde taten mir meine Füße und Schultern weh. Wenigstens der Weg war halbwegs sichtbar und wir mussten uns nicht querfeldein durchschlagen. Es begann zu dämmern und am Himmel erschienen kleine rosa Wölkchen, die so sorglos in der Atmosphäre schwebten.

Plötzlich hörte ich ein Bellen hinter uns. Wir blieben stehen und drehten uns um. Ein riesiger Hund kam auf uns zu gerannt. Er hatte langes braunes Fell und eine sehr tiefe grollende Stimme. Vor Schreck konnte ich mich gar nicht rühren und schaute ihn einfach nur mit offenen Mund an. Ich wusste gar nicht, dass Hunde noch von jemanden gehalten wurden, es war eigentlich verboten und ich dachte, sie wären sowieso so gut wie ausgestorben. Der Hund blieb vor uns stehen und bellte noch ein paar Mal laut. Ich schaute zu Silas rüber, doch sein Gesicht war bewegungslos, ich wusste nicht, was er jetzt dachte. Dann kam hinten noch jemand auf einem Pferd angeritten. Es war riesig. Und fast schwarz. Als es näher kam, sah ich, dass eine Frau drauf saß.

„Die Revierförsterin", murmelte Silas.

Und da stand das Pferd vor uns und die Frau schaute uns eindringlich an. Wenigstens war ihr Hund jetzt verstummt. Sie hatte dunkelgrüne Kleidung. Ihr Alter war schwer zu schätzen für mich, irgendwas zwischen 30 und 50? Ich hatte Angst vor ihr und war froh, als sie vom Pferd stieg.

„Was macht ihr hier?", fragte sie schließlich.

„Wir sind unterwegs zu der Bahnstation", sagte Silas, „der andere Zug am Bahnhof Nr. 56 war ausgefallen."

Sie musterte uns weiter mit ernster Miene und holte ihren Computer aus den Seitentaschen. Das Pferd schnaubte zwischendurch und schüttelte seine Mähne.

„Ich werde das überprüfen", sagte sie schließlich und tippte etwas ein. „Ihr wisst, dass das hier ein Reservat ist, das Passieren ist nicht erlaubt."

„Wir sind beide Ingenieure und im wichtigen Auftrag nach Sibirien unterwegs, es war uns anders nicht möglich. Gibt es vielleicht auf dem Weg eine Übernachtungsmöglichkeit?", sagte Silas und ich bewunderte ihn dafür, dass er überhaupt ein Wort raus bekam. Ich war einfach nur erstarrt angesichts so viel Autorität.

„Ihr müsst euch erst identifizieren", sagte sie und reichte uns ihr Gerät.

Wir hinterließen nacheinander unsere Fingerabdrücke.

„Ganz oben auf der Bergspitze ist noch die Ruine eines alten Steinhauses. Ihr könnt da euer Nachtlager aufschlagen. Und am Morgen zügig weiterziehen, sonst muss ich euch vertreiben."

Silas nickte und ich war echt erleichtert.

Sie ging wieder zu ihrem Pferd und schwang sich rauf.

„Übrigens. Hier in der Gegend treibt sich eine Gruppe von Nomaden herum. Vorsicht. Macht am besten kein Feuer und kein Licht, sonst spüren sie euch auf."

„Danke für die Warnung", sagte Silas und sie ritt an uns vorbei, der Hund rannte hinterher.

„Wow", sagte ich. „Ich komme mir vor wie in einem Film über das 18. Jahrhundert. Ein Pferd? Wann hast du das letzte Mal ein Pferd gesehen?"

„Es gibt schon noch ein paar, aber nicht viele. Außer den Wildpferden natürlich", sagte Silas und setzte sich wieder in Bewegung. „Ich mach mir mehr Sorgen um die Nomaden. Hast du von denen gehört?"

„Na klar. Ich glaub kaum, dass wir die treffen, schau mal, die Gegend ist so riesig hier."

„Sag das nicht."

Es wurde schnell dunkel und ich machte mir Sorgen, ob wir die Ruine noch erreichen würden. Unser Weg löste sich auch irgendwie auf, sodass wir uns durch Gestrüpp und Brombeersträucher kämpfen mussten. Am schlimmsten waren jedoch die langen Schatten und dunklen Ecken. Mein Herz schlug bis zum Hals, während ich einen Fuß vor den anderen setzte und mir fast schon sicher war gleich von einem nachtaktiven Raubtier wie Bär, Wolf, Wildschwein oder Luchs angegriffen zu werden. Aber auch sowas wie Schlangen, Spinnen und Skorpione machten mir Angst. Sie konnten überall lauern und ich hatte nichts, um mich zu wehren. Zum Glück lief Silas vor, auch wenn ich Mühe hatte, mit ihm Schritt zu halten. Andererseits traute ich mich nicht, nach einer Pause zu fragen. Ich hoffte einfach nur, dass meine Füße nicht von selbst aufgaben. Nie wieder, schwor ich mir, würde ich mich auf so einen Gewaltmarsch einlassen, das war doch bescheuert.

„Ich glaube hier ist was", sagte Silas schließlich und ich hätte ihm um den Hals fallen können.

Wir erstasteten eine Mauer. Ich war selten so glücklich über einen Haufen Steine. Die Mauer führte zum Rest eines Hauses, das schon verdammt alt sein musste, vielleicht 200 Jahre? Es war fast komplett zugewachsen und das Dach schon längst zusammengefallen. Wir setzten uns in die Mitte des Rest-Gebäudes und ich hatte in diesem Moment auch nichts mehr sonst gebraucht. Einfach nur sitzen, das war herrlich. Immer noch mit meinem Rucksack auf dem Rücken schloss ich die Augen und spürte, wie meine Füße kribbelten. Irgendwie kam wieder Gefühl dort hin. Silas lief herum und räumte irgendwelche Äste und Steine umher.

„Willst du noch was essen?", fragte er.

„Eigentlich schon, aber ich hab nichts mehr", murmelte ich.

„Setz dich hier rüber, es ist hier etwas bequemer", sagte er.

Ich schlüpfte aus den Rucksackschlaufen und rollte rüber. Silas begann weiter frei zu räumen und setzte sich schließlich neben mich.

„Hier hast du was", ich tastete in der Dunkelheit und erwischte etwas, das sich wie ein Stück Brot anfühlte.

„Werden davon nicht die Wildtiere angelockt?", fragte ich.

Silas lachte. Es war glaube ich das erste Mal, dass ich das von ihm hörte. Er sagte sonst nichts weiter dazu. Wir kauten vor uns hin.

„Ich beneide dich um deine Naivität", sagte er etwas später. „Meine hat sich irgendwo abgenutzt. Und damit auch die Leichtigkeit, an das Leben dranzugehen. Manchmal habe ich das Gefühl, ich verwalte einfach nur den langsamen Untergang unserer Gesellschaft."

Als er das sagte und wir zusammen auf den Nachthimmel starrten, spürte ich zum ersten Mal eine merkwürdige Verbundenheit zwischen uns beiden. Vielleicht lag es daran, dass man nichts mehr sehen konnte und unsere Stimmen wie losgelöst von unserem Körper in der Dunkelheit herumschlichen.

„Das hört sich deprimierend an... Übrigens, man kann vieles über mich sagen, aber ganz sicher nicht, dass ich irgendwas mit Leichtigkeit zu tun hätte", erwiderte ich.

Dann streifte ich meine Schuhe ab und holte meine Jacke, um sie über mich zu legen. Der Boden unter meinem Rücken war so hart, aber ich versuchte mich daran zu gewöhnen.

„Vielleicht merkst du es einfach nicht", sagte Silas.

„Hast du das Rascheln gehört?", ich schreckte zusammen. Es war irgendwo hinter uns.

„Ja. Das war bestimmt ein Käfer."

„Machst du dich lustig über mich?"

„Nein. Du kannst beruhigt schlafen. Morgen haben wir noch einen langen Weg vor uns."

Ich machte meine Augen zu. Es dauerte lange, bis ich endlich einschlief.

5

Ich wachte wieder auf, als die Sonne in mein Gesicht schien. Zuerst spürte ich, wie alle meine Knochen mir wehtaten. Ich hatte Angst, dass mein Körper durch meine unnatürliche Schlafposition irreversibel verformt war. So fühlte sich das zumindest an. Widerwillig öffnete ich die Augen und bewegte mich.

Dann sah ich, dass Silas nicht mehr neben mir war. Mein Kopf war immer noch so verwirrt, ich musste erstmal den gestrigen Tag Revue passieren lassen. Seine Tasche war auch weg. Es gab einfach keine Spur von ihm. Ich stand auf und spürte stechende Schmerzen im Rücken. Das erste Mal in meinem Leben wusste ich eine Matratze zu schätzen. Und Kissen. Und eine Bettdecke. Was hatte ich vorher nur in einem rauschenden Luxus gelebt.

Ich lief herum und schaute überall in der Nähe. Nichts. Seinen Namen zu rufen traute ich mich nicht, ich wollte nicht unnötig Aufmerksamkeit auf mich lenken. Mir fiel die Aussicht auf das Tal auf, aus dem wir gekommen sein mussten. Ganz unten standen ein paar Häuser mit roten Ziegeldächern, zusammengeflickt aus dem Ziegelvorrat der letzten Jahrhunderte. Ich setzte mich wieder in die Mauerreste unseres Nachtlagers und versuchte einen klaren Gedanken zu fassen. Entweder hatte Silas mich absichtlich hier sitzen gelassen, wobei mir das Motiv dafür nicht klar war. Ich kontrollierte den Inhalt meines Rucksacks, in dem sich sowieso nichts Wertvolles befand. Nein, es war alles vollständig. Er könnte auch ein wahnsinniger Irrer sein, der unscheinbare Mädchen auf einen Berg lockte, um sie im Nichts auszusetzen und sich daran zu belustigen, im besten Fall. Oder er wurde von einem wilden Tier gefressen, was das Verschwinden seines Gepäcks nicht erklären würde. Und eine Entführung oder ähnliches wäre mir sicherlich aufgefallen.

Es half nichts. Silas war weg und ich hockte auf diesem bescheuerten Berg. Und wusste weder den Weg zurück, noch hin. Ich wusste gar nichts. Und dabei hatte ich mir bisher mit meinen 23 Jahren eingebildet, die Welt so gut zu kennen, so informiert zu sein. Das ganze angelesene Wissen brachte mich keinen Meter weiter. Ich hatte mir noch nicht mal gemerkt, zu welchem Bahnhof ich musste, aus welcher Richtung wir gekommen waren oder wann der andere Zug kam.

Mein Verstand sagte mir, dass ich versuchen sollte, zurückzugehen. Meine Intuition, dass ich mich weiter durchschlagen sollte. Mein Magen, dass ich dringend etwas zu essen brauchte. Meine Füße, dass ich keinen Schritt weiterlaufen sollte. Mein Gefühl, dass ich nie dort ankommen würde, wo ich hin wollte. Panik stieg aus meinem Brustkorb hoch und blieb in meinem Hals stecken. Machte mich bewegungslos. Hoffnungslos. Manchmal klappte es, sowas mit Aktionismus zu bekämpfen. Meinem Kopf was anderes zum Beschäftigen zu geben, außer sich um sich selbst zu drehen. Ich schnappte mir meinen Rucksack und lief los. Auf zu neuen Gefilden, weg vom Selbstmitleid. Irgendwo würde ich schon ankommen.

Ohne Eile setzte ich einen Fuß vor den anderen und lief auf die andere Seite des Bergs. Von dort aus hatte ich wenigstens eine gute Aussicht. Das hatte ich nicht erwartet. Vor mir erstreckte sich ein weiteres Tal, auf der anderen Seite noch ein Berg, sogar etwas höher als der, auf dem ich stand. Alles, was ich sah, war komplett ohne irgendeine Art von Besiedlung. Dafür viel Wald. Dichter Laubwald. Bestimmt voller wilder Tiere. Auf der anderen Seite, da war ich mir sicher, war bestimmt meine Bahnstation. Dort musste ich hin.

Also stieg ich den Berg hinab und fühlte mich wie auf terra incognita. Woran sollte ich mich orientieren, an den Sternen? An dem Lauf der Sonne? Nur eine leichte Kursveränderung würde bedeuten, dass ich mein Ziel nie finden würde. Und im Gegensatz zu Silas hatte ich gar keine Ahnung, wo es lang ging. Aber Bahnschienen waren eigentlich normalerweise nicht zu übersehen, also musste es irgendwie klappen. Und vielleicht traf ich nochmal die Försterin und sie würde mir helfen.

Auf dem Weg pflückte ich ein paar Brombeeren, die mich gar nicht satt machten. Bis zuletzt hatte meine Mutter uns jedes Wochenende losgeschickt, damit wir Brombeeren sammelten. Eine der wenigen Früchte, die es im absoluten Überfluss gab und die fürchterlich schmeckten, aber da mussten wir durch. Dann gab es Brombeerkuchen, -tee oder –marmelade. Jetzt hätte ich gerne mit meiner Familie zusammen gesessen und wir hätten uns angeschwiegen, geneckt oder über irgendwas diskutiert. Oder meine Eltern hätten sich gestritten. Manchmal dachte ich, dass sie sich nicht wirklich mochten, aber keine andere Wahl hatten, als zusammen zu bleiben. Mein Vater war meistens sehr distanziert, geradezu abwesend, meine Mutter überkorrekt und unnachgiebig. So hatten sie sich nicht viel zu sagen, stattdessen gab es immer jede Menge Spannungen. Auch einer der Gründe, mein Elternhaus endlich zu verlassen und mir woanders was Eigenes zu suchen.

Mittlerweile war ich im Tal angekommen. Irgendwo hörte ich es rauschen und dachte, dass es ein Bach sein müsste. Das wäre so gut. Ich lief weiter und wurde auch fündig. Tatsächlich gab es einen sehr kleinen Strom, der sich durch die Bäume und Felsen wand. Ich lief die Böschung hinunter, zog meine Schuhe aus und streckte meine Füße als erstes in das kühle Wasser. Das war so angenehm. Das schönste, was mir in den letzten zwei Tagen widerfahren war. Ich blieb einfach da sitzen und dachte an Silas. Wie wir schon einmal zusammen am Bach standen. Wie wir uns in der Nacht unterhalten hatten. Ich machte mir große Sorgen um ihn. Irgendwas stimmte nicht.

Ich hielt die Luft an und scannte meine Umgebung. Blätterrauschen, Wasserplätschern, Vogelgesang, knisterndes Laub. Könnte von einer Amsel oder einem Eichhörnchen sein. Oder etwas anderes. Ich kannte mich zu wenig aus mit der Natur. War eher an der Technik interessiert. Natur, das waren die großen Flächen zwischen unseren Dörfern und Städten, die seit hundert Jahren vor Menschen geschützt wurden, um die Regeneration des Planeten zu gewährleisten. Tiere und Pflanzen darin waren unantastbar, außer für die Revierförster. Ausnahmen gab es für Brombeeren.

Auf jeden Fall war es ein absolut uninteressanter Raum für mich, da dort nichts Spannendes passierte, außer dass man sich mal das Bein aufkratzte, sich mit Ästen fast die Augen ausstach oder in irgendwas Ekliges trat.

Ich zog meine Schuhe wieder an und nahm ein paar Schlucke von dem Wasser, füllte meine Flasche auf. Dann hörte ich Schritte. Mein Herz schlug sofort schneller und ich hörte auf zu atmen. Ich musste nicht, aus welcher Richtung sie kamen und versuchte möglichst unbeweglich in der Vertiefung des Bachs zu bleiben. Ob es vielleicht Silas war? Es war so unangenehm nicht zu wissen, woher das Geräusch kam. Vor lauter Anspannung wären mir fast die Augäpfel rausgefallen.

Dann tauchte am anderen Ufer, gegenüber von mir, der Kopf von einem Mädchen auf. Und der Rest von ihr. Sie ging langsam auf mich zu und setzte sich auf der anderen Seite hin. Ich atmete nur flach weiter, mein Körper bebte mit meinem Herzschlag auf und ab.

„Hallo", flüsterte sie. Ihre Haare waren etwas verstrubbelt, sie war vielleicht 16 Jahre alt und die Kleidung wirkte abgetragen. Nicht, dass wir alle irgendwie sehr alte Kleidung trugen, aber ihr T-Shirt war wirklich durchgescheuert und blass, der

Halsausschnitt löchrig. Dazu eine braune Stoffhose und Sandalen.

„Wir müssen leise sein, damit uns niemand hört", sagte sie und zeigte nach links. Ich verstand nicht. „Du willst bestimmt zur Bahnstation, oder? Es ist noch weit. Soll ich dich ein Stück begleiten? Ich kenne mich gut aus hier."

Ich stand auf, zog meinen Rucksack an und lief nach rechts. Dabei versuchte ich nicht zu hastig zu gehen, damit es nicht so aussah, als hätte ich Angst.

„Das ist die falsche Richtung. Du müsstest dich mehr links halten. Wie heißt du eigentlich?", sie lief mir hinterher wie ein kleiner Kobold.

„Also ich bin Charlie. Ich bin zwar erst fünfzehn, aber ich kenne mich gut mit den Sternen aus. Ich kann Berechnungen anstellen. Jaeck hat es mir beigebracht. Darf ich mit dir mit? Ich würde gerne eine große Stadt sehen, nur einmal. Stimmt es, dass es dort Industrieanlagen gibt? Hast du dort schon mal gearbeitet? Schade, dass es keine Satelliten mehr gibt, ich wäre so gerne mal mit einem mitgeflogen in den Sternenhimmel..."

„Charlie...", hörte ich jemanden durch den Wald rufen.

Sie blieb stehen und drehte sich um.

„Ich muss los", sagte sie und rannte davon.

Ich ging schnell weiter und begann nun, bergauf zu laufen. Oh Gott, ich musste schnell weg hier. Was für merkwürdige Gestalten. Ich würde drei Kreuze machen, wenn ich in diesem Zug säße. Dieses Tal war verrückt, ganz klar. Niemand wusste doch so genau, was in den Reservaten vor sich ging.

Der Aufstieg war hart und ich schaute mich alle paar Meter um, ob mir jemand folgen würde. Manchmal war es so steil und steinig, dass ich auf allen Vieren hochkroch. Meine Arme bekamen ein paar Schrammen ab, aber ich registrierte es nur flüchtig. So schnell war ich noch nie einen Berg hochgekrabbelt und stand endlich oben. Ich verschnaufte und schaute mir die Gegend hinter dem Berg ganz genau an. Die Bahnstation war nicht zu übersehen, was für ein Glück. Der Bahnsteig, ein kleines Dach, die Gleise, alles leer und verwaist. Und nur noch mehr Wald zwischen uns.

Ich lief den Bergkamm nach links, um mich genau gegenüber von der Station zu positionieren. Aus dem Gebüsch tauchte direkt vor mir ein Mann auf. Er hatte einen dichten Bart und schaute grimmig. Ich ging zuerst ein paar Schritte zurück, stolperte, verlor den Halt, rutschte den

Hang hinunter und schlug mit dem Kopf auf etwas Hartes.

6

Als ich wieder aufwachte, fühlte ich mich miserabel. Wieder tat mir mein ganzer Körper weh. Das schien wohl mein neuer Normalzustand zu sein. Ich konnte kaum die Augen öffnen und hörte nur das Gemurmel von verschiedenen Stimmen um mich herum. Ich versuchte die Kontrolle über meinen Körper oder meine Gedanken zu erlangen, aber es klappte nicht. Mein Kopf tauchte wieder ab in irgendeine wirre Zwischenwelt, in der ich immer nur am Rennen war. Und Meeresrauschen.

Zweiter Versuch. Diesmal versuchte ich nach dem Aufwachen mein Bewusstsein gleich bei der Stange zu halten und die Augen zu öffnen. Sie blieben fest verschlossen, nichts rührte sich.

„Wir sollten sie gehen lassen, sie weiß doch eh nichts", hörte ich eine Frauenstimme neben mir.

„Jede Information über die Server ist wichtig für uns", sagte eine Männerstimme.

„Und wenn sie erst Recht Verdacht schöpft? Du weihst einfach zu viele Leute ein, das wird noch schief gehen."

„Was soll das heißen? Ich weihe niemanden ein. Du immer mit deinen Vorwürfen, ich kanns nicht mehr hören."

Dann waren sich entfernende Schritte zu hören. Und mein Bewusstsein sackte wieder ab und entfernte sich ebenfalls.

Dritter Versuch. Als ich merkte, wie ich wieder aufwachte, richtete ich mich sofort auf und es klappte sogar. Öffnete die Augen. Ich war... in irgendwas... was vielleicht ein Zelt war? Es war auf jeden Fall ein merkwürdiges Ding. Ich stand auf und ging durch den dreieckigen Eingang raus. Draußen fing es an zu dämmern. Kurz bevor ich raus treten konnte, kam ein Mann angerannt, ungefähr mein Alter und schob mich wieder rein.

„Bleib lieber hier", sagte er und führte mich wieder zu meinem Lager auf dem Boden. „Es gibt sonst zu viel Aufregung. Die anderen sind sowieso schon so verwirrt. Charlie, dieses dumme Ding rennt herum und erzählt die wildesten Geschichten über dich. Ich bin übrigens Chris. Bleib mal kurz hier. Hast du Hunger? Ich könnte dir eine Suppe bringen. Und dein Kopf, verzeih, ich hab gar nicht gefragt, funktioniert noch alles wie vorher? Hoffentlich hattest du keine Gehirnerschütterung. Musst du kotzen? Dann vielleicht doch keine Suppe..."

Er lief wieder raus. Diese Menschen redeten zu viel, zu schnell und zu durcheinander, da kam man ja gar nicht mit. Ich suchte meinen Rucksack, aber das Zelt war ziemlich leer. Vorsichtig ging ich wieder zu dem Ausgang und lugte nach draußen. Bevor ich einen Blick erhaschen konnte, kam eine Frau und lief hinein, sodass wir fast zusammenstießen.

„Hey, du bist ja wach", sagte sie und nahm mich an der Hand, die ich schnell zurückzog. Die Stimme kannte ich schon.

„Sorry", sagte sie und wir standen merkwürdig herum.

Sie setzte sich dann auf ein Kissen am Boden. Ich setzte mich dazu.

„Äh, du fragst dich bestimmt, was du hier machst", fing sie an und ich nickte. „Mach dir keine Sorgen. Ich bin Lisa. Wir sind ganz normale Leute. Und wir wollen dir nichts antun, wir sind nur auf der Suche nach Informationen und da fällt uns nichts Besseres ein, als Durchreisende zu überfallen", sie zuckte mit den Schultern und holte einen Apfel aus ihrer Bauchtasche, biss hinein. „Das heißt, wenn du uns das gibst, was wir suchen, kannst du gleich weiter ziehen, verstehst du?"

„Na endlich", sagte ein Mann, der reinkam.

Zu meinem Schrecken war es der Vollbärtige. Den ich auch vorhin hatte sprechen gehört. Er hatte breite Schultern, klobige Hände und einen Stiernacken. Selten sowas erblickt. Das musste ich erstmal verarbeiten.

„Kommen wir gleich zur Sache, wir haben nicht viel Zeit", sagte er weiter und blieb vor mir stehen.

Bei seiner Statur hatte ich das Gefühl, dass er mich zwischen Zeigefinger und Daumen einfach zerdrücken könnte, wie eine Mücke.

„Siehst du nicht, wie eingeschüchtert sie ist?", sagte die Frau.

Dann kam der andere Mann mit einer Schüssel Suppe rein, sie roch zugegebenermaßen sehr gut. Ich konnte nicht sagen, nach was.

„Lasst mich mal durch", sagte er und schlängelte sich vorbei.

„Huhu, fremde Frau", hörte ich noch Charlies Stimme rufen. „Komm her, ich zeige dir meine Sternensammlung."

„Also jetzt reicht es", rief der Bärtige mit lauter Stimme und es wurde ganz still. „Alle raus hier."

Die anderen verzogen sich und er zündete eine Kerze an, die sehr schwaches Licht hergab. Er setzte sich auf das Kissen und knetete seine Hände. Neben mir stand die Suppe, aber ich traute mich nicht, sie anzurühren.

„Ich bin Jaeck", fing er an. „Das hier ist unsere kleine Gemeinschaft. Wir sind absolut harmlos, wie du schon gesehen hast", aber meine Zweifel daran hatte, „das einzige, was wir von dir brauchen, sind Informationen über Industrieanlagen. Welchen Beruf übst du aus? Ich nehme an, etwas Technisches, das ist ja die einzige Berufsgruppe, die reisen darf, von den Ausnahmegenehmigungen abgesehen. Also wirst du wissen, um was es geht. Was weißt du über die Server? Wie sind sie verteilt und wie werden sie gewartet und gesteuert? Wer ist für die Updates verantwortlich?"

Ich dachte kurz über diese Fragen nach, die so banal schienen. Deswegen hatte man mich hierher geschleppt? Das meiste davon konnte man doch ohne Probleme im Internet nachlesen, es gab dort so gut wie keine Geheimnisse. Natürlich hatte ich ein bisschen Insider-Wissen, aber ich hatte keinen exklusiven Draht zu den Technik-Leitungspositionen. Viel mehr beschäftigte mich gerade, dass mein Zug wohl auf nimmer wiedersehen abgefahren war, ich bei diesen Leuten festsaß, die mir ein bisschen zu oft versicherten, dass sie nichts Böses wollten und von Silas auch keine Spur war.

„Wenn du weiterhin nichts sagst", setzte Jaeck an und ich wartete gespannt auf die Fortsetzung seines Satzes, „dann bekommst du dein Gepäck nicht zurück und musst halt so lange hier bleiben. Wenn wir weiterziehen, kommst du mit uns mit. Wir haben Zeit, ich kann warten. Ich würde dir davon abraten, alleine wegzurennen. Wir sind hier im tiefsten Wald, die nächsten Häuser sind mindestens einen Tagesmarsch entfernt, wenn du überhaupt die richtige Richtung einschlägst. Und wie du sicher weißt, wimmelt es hier nur so vor wilden Tieren. Es gibt hier so ein Bärenweibchen mit zwei Jungen, wenn du der begegnest ist alles aus.“

Er schaute mich an und wartete auf eine Reaktion.

„Okay, das war ein anstrengender Tag. Iss deine Suppe und komm gleich raus, wir treffen uns alle am Feuer“, sagte er schließlich und verließ das Zelt.

Nun allein mit meinen Gedanken stellte ich fest, dass ich in Gefangenschaft geraten war. Und ich dachte, sowas gab es zuletzt im 21. Jahrhundert. Fremde Menschen hielten mich fest und wollten irgendwelche Informationen aus mir herauspressen, schon allein dieser Gedanke war absurd. Denn so etwas gab es einfach nicht mehr, schon seit hunderten von Jahren nicht mehr dokumentiert. Oder sprach niemand darüber? Wurde ich jetzt angekettet und musste Wasser und Brot essen? Ausgepeitscht oder sonst wie körperlich malträtiert? Mussten Lösegeldzahlungen geleistet werden? Fluchtpläne ausgeheckt? Tunnel gegraben? So war das zumindest in den Filmen von früher, die ich gesehen hatte. Manche drehten sich Stunden um Stunden ausschließlich um einen Ausbruchsversuch, es schien ein wichtiges Narrativ gewesen zu sein. Heute wäre man ja froh, wenn überhaupt jemand vorbeikommen würde, um einen einzusperren. Gewaltverbrechen? Irgendwie uninteressant geworden seit Geld und Rohstoffe nach einem selbst bestimmten System gleichmäßig verteilt wurden. Man musste froh sein, nicht an einem Kratzer zu krepieren, weil man die Tetanus-Impfung nicht zugeschickt bekam. Lynchjustiz allerdings war nicht ausgeschlossen und wurde meistens verheimlicht.

Ich nahm die Schüssel mit der Suppe und probierte etwas. Sie war schon kalt, schmeckte aber okay. Es waren Stückchen drin, die ich geschmacklich nicht einordnen konnte. Sie waren saftig und faserig. Ich schlang alles runter, ohne es richtig zu registrieren.

Dann ging ich zu dem Ausgang und schaute vorsichtig nach draußen. Es fiel mir schwer zu konzeptionalisieren, was ich da erblickte. Wenn man etwas nicht kannte, machte das Gehirn komische Sachen. Es konnte nicht unterscheiden, welche Aspekte wichtig und welche unwichtig waren. Es konnte nicht interpretieren, was gut und ungefährlich war und was schlecht und bedrohlich. Oder welche Position man als Beobachter einnahm, stand man im Mittelpunkt des Geschehens oder war man außerhalb und niemand bemerkte einen. Mein Gehirn war in diesen Dingen besonders untrainiert und neigte zu wilden Spekulationen.

Erstens dachte ich, dass alle, wirklich alle der etwa fünfzehn Personen mich anstarrten. Die einen direkt, die anderen indem sie so taten, als wären sie in ein Gespräch vertieft. Dann war es dieses Licht des Feuers, das so grell war und funkelte, es machte mir Angst. Ich musste an Scheiterhaufen denken, von denen ich gelesen hatte und sah mich da schon selbst drauf. Und dieses Gemurmel, unterbrochen von Lachen oder Ausrufen des Erstaunens. Es hatte sowas Verschwörerisches.

Ich trat schnell zurück und ging wieder zu meinem Lager. Setzte mich hin. Ich musste jetzt eine Entscheidung treffen. Fliehen, kooperieren oder ausharren. Ich war so müde. Wenn nur Silas da wäre, er kannte sich aus in dieser Welt. Was wusste ich schon über die Nomaden? Als ich noch zu Hause lebte, also in einer anderen Zeitrechnung, interessierten sie mich überhaupt nicht. Ganz am Rande wurde mal in den Nachrichten was über sie berichtet. Dass sie Naturfreaks waren, ideologische Überbleibsel aus der Community-Ära des letzten Jahrhunderts, die so blutig endete. Dass sie Internet ablehnten und nicht registriert waren. Und da sie keinen Bedarf an den Rohstoffen und Ressourcen anmeldeten, waren sie für die Gesellschaft absolut uninteressant. Bis auf die Zwischenfälle natürlich, die immer mit dem Zu- oder Abgang von Mitgliedern zusammenhingen. Von Kidnapping war eigentlich nie die Rede. Und sie waren natürlich absolut ungebildet, da es für sie kein Schulprogramm gab. Der perfekte Nährboden für krude Weltanschauung.

Nein, wenn ich mir das so überlegte, wollte ich so schnell wie möglich weg. Die Frage war nur, mit oder ohne der Weitergabe der Informationen. Das, was ich wusste, war nichts Weltbewegendes. Aber natürlich hatte ich mir in meinem Studium Wissen angeeignet, das nicht jeder hatte. Und gerade, was die Server anging, dem wichtigsten Knotenpunkt unserer fragilen Gesellschaft, wollte ich auf keinen Fall Unregelmäßigkeiten zulassen. Ich trug wohl auch diese Verantwortung. Also würde ich es zunächst ohne versuchen. Ein schweres Vorhaben. Die Entscheidung, die ich getroffen hatte, gefiel mir nicht.

Chris kam rein. Er schaute auf den Teller.

„Hat es dir geschmeckt?", fragte er und ich nickte.

Er nahm den leeren Teller und schaute mich kurz an, als überlegte er, was er sagen sollte. Ich musterte ihn. Zumindest im Kerzenschein sah er aus wie irgendjemand, nicht wie ein Verrückter. Ausgewaschene Jeans, T-Shirt, kurze blonde Haare, Brille.

„Dir ist bestimmt kalt", sagte er schließlich, „du solltest mit raus kommen, dort kannst du dich wärmen und es gibt auch noch mehr zu essen."

Nach kurzem Zögern streckte er seine Hand aus und hielt sie mir hin. Ich verstand diese Geste, wie so viele der Handbewegungen der Nomaden, nicht. Wenn ich mit meiner Familie kommunizierte, dann ruhten unsere Hände, was ich auch gut fand, hier wurden sie die ganze Zeit geschwungen, hoch gehalten, gestreckt und verschränkt.

Ich stand auf. Chris nahm seine Hand wieder zurück und ging ein paar Schritte vor. Ich folgte ihm. Wahrscheinlich sind Menschen instinktiv von anderen Menschen angezogen. Wie Ziegen, die immer eine Herde suchen und bilden. Pferde, die wiehern, bis sie ein anderes Pferd finden. Auch wenn man sich unwohl fühlte, zog man die Gemeinschaft mit anderen Menschen vor. Oder das war die dümmste Ausrede für meine unbewusste Gewissheit, dass ich mit meinem Plan, nichts zu verraten und zu fliehen, niemals durchgehen würde. Dafür hatte ich einfach nicht den Mumm, das war doch klar.

Statt tollkühn an meinem Ausbruchsplan zu feilen, lief ich nach draußen. Es war stockdunkel, das Feuer brannte immer noch und beleuchtete die Gesichter der Umsitzenden, die jetzt stumm auf die Flammen starrten. Keiner bewegte sich, als wir vorbeiliefen und uns auf einen der Baumstämme setzten. Sofort spürte ich den warmen Feuerschein, der so angenehm war. Die anderen saßen in einem Halbkreis vor mir, teilweise aneinander gelehnt. Manche aßen noch etwas. Es wurde ein Teller zu uns gereicht und Chris nahm ihn entgegen. Suchte sich etwas darauf aus und gab ihn mir. Ich starrte auf die komischen Stücke von irgendwas da drauf. Meine Ratlosigkeit stand mir wohl auf der Stirn geschrieben.

„Das ist Fleisch", sagte er.

Ich ließ fast den Teller fallen.

„Probier ruhig", sagte er, als ich ihm das Ding zurückgab.

Ich schüttelte den Kopf. Da Fleisch aus nachvollziehbaren Gründen nicht mehr produziert wurde und es auch Milchprodukte nur noch sehr eingeschränkt und lokal im Angebot gab, hatte ich in meinem ganzen Leben nicht ein Stück Fleisch verzehrt. Und es schien mir auch abwegig. Genau so, als würden Menschen Insekten oder Erde essen. Es ging einfach nicht.

„Die Suppe hatte dir doch auch geschmeckt...", sagte Chris.

Hm, so war das. Ein komisches Gefühl. Hoffentlich hatte ich mich dabei nicht mit irgendwelchen Parasiten angesteckt oder was weiß ich. Dass es hier keine geschlossene Kühlkette gab, konnte man auf den ersten Blick erkennen.

Ganz vorne links sah ich, dass Jaeck neben seiner Frau saß und sie sich leise unterhielten. Manchmal drehte er sich um und schaute zu mir rüber. Ich fühlte mich jetzt weniger unwohl als in dem Zelt, hier kam mir alles wesentlicher normaler vor, als hätte ich mich bereits irgendwie integriert.

Rechts vorne erkannte ich Charlie wieder, sie lehnte ihren Kopf an ein anderes junges Mädchen und zwirbelte die Haare der anderen im Nacken. Es sah irgendwie so friedlich aus. Ich musste an meine Schwester denken, mit der ich immer sehr im Konkurrenzkampf stand. Viel Zusammenhalt konnte ich da nicht erkennen, ich vermisste sie trotzdem sehr. Bei Krisen und Krankheiten standen wir doch immer zusammen.

Dann tippte Chris mich an und ich schaute rüber, wusste nicht, was er mir damit sagen wollte. Er zeigte nach oben.

„Schau dir die Sterne an, hast du den Himmel jemals so gesehen?“, fragte er.

Ich guckte nach oben. Nein. In der Tat nicht. Man sah grüne Streifen, die sich verliefen und im schwarz verschwanden. Sahen Polarlichter so aus? Dabei war hier von Eisbären und Pinguinen ja gar nichts zu sehen. Es war auf jeden Fall ein beeindruckendes Schauspiel, das Grün pulsierte und zog vorüber, als ob der Himmel eine Leinwand wäre. Ich konnte meine Augen kaum davon abwenden und hatte das Gefühl, hineingesogen zu werden.

Chris tippte mich wieder an und ich sah, dass alle Leute langsam ihre Plätze verließen und in die Zelte gingen. Ich ging dann auch mal. Legte mich auf meinen Platz und wickelte mich in eine Decke ein. Chris kam auch rein und bereitete sich auf der freien Fläche ebenfalls einen Schlafplatz. Wir sagten nichts mehr.

Ich konnte lange nicht einschlafen, mein Gehirn war in einer schlimmen Schleife von Gedanken gefangen und rotierte in Höchstgeschwindigkeit. Mein Herz klopfte laut. Mein Magen verkrampfte sich. Schließlich fiel ich in den oberflächlichsten Schlaf, den ich jemals hatte. Ich hörte noch einen Kauz draußen rufen, Chris' Schnarchen, das Rascheln der Blätter im Wind. Und träumte gleichzeitig von dunklen Gewitterwolken, die mich verfolgten, von wilden Tieren, die mich umkreisten, von Haaren, die mir büschelweise ausfielen. Manchmal machte ich die Augen auf und schaute in die absolute Dunkelheit, der Traum aber lief weiter. Ich hätte nie gedacht, dass das überhaupt möglich wäre. Es verwirrte mich so sehr. Statt mich zu erholen und neue Kraft zu tanken, wurde ich so immer angestrengter und verkrampfter. Es war definitiv die unangenehmste Art und Weise von Schlaf, wie eine Art Anti-

Schlaf. Ein Schlaf, der einen danach noch müder machte, noch erschöpfter.

Ich war froh, als ich wieder komplett aufwachte. Wenigstens wusste ich jetzt wieder, in welcher Sphäre ich mich bewegte. Doch dann war ich nur eine kurze Zeit froh. Gleich darauf befiel mich eins der fürchterlichsten Gefühle überhaupt. Eins, für das es noch keine Bezeichnung gab. Ich konnte es kaum umschreiben, denn ich konnte es nicht sehen oder greifen. Jede Zelle meines Körpers schien stehen geblieben zu sein. System abgestürzt. Meine Augen waren offen, aber ich konnte noch nicht einmal blinzeln, geschweige denn mich bewegen. Ich hatte sogar plötzlich Angst, einfach so zu sterben. Im nächsten Moment wünschte ich mir das sogar, nur um diesem Quatsch zu entkommen. Ja, es wäre das Beste, dachte ich, meine Existenz war im Prinzip sowieso so sinnlos und jetzt war eigentlich ein ganz guter Zeitpunkt. Ich war mit meiner Reise gescheitert, war irgendwie an dem Leben außerhalb meines Kokons verzweifelt, konnte definitiv nicht fliegen, geschweige denn Zug fahren. Aber eigentlich wollte ich einfach nur noch von diesen Beklemmungen erlöst werden. Wie lebendig begraben. Noch nicht einmal anständig sterben konnte ich, eigentlich typisch.

Ich hörte, wie Chris langsam wach wurde und mit der Decke raschelte. Wie jemand ins Zelt kam und sie flüsterten. Sah aus den Augenwinkeln, wie es anfing, hell zu werden. Und ich war immer noch wie paralysiert. Jede Minute davon fühlte sich an wie Stunden. Mittlerweile war ich mir sicher, dass ich entweder sterben oder wenigstens verrückt werden würde. Es war unausweichlich. Normale Menschen durchlebten sowas nicht, da war ich mir sicher. Die waren kontrolliert, stark, gefasst, so wie Silas oder auch Jaeck. Eigentlich alle, die ich bisher auf meiner Reise kennen gelernt hatte. Außer Charlie vielleicht, aber sie war ja noch jung. Und ich war offiziell zumindest erwachsen, und das schon seit ein paar Jahren. Wieso konnte ich mich dann nicht altersgemäß verhalten?

„Hast du etwas geschlafen?", fragte Chris und setzte sich neben mich, berührte meine Schulter.

Eine neue Welle eines unangenehmen Gefühls überlief mich, weil ich jetzt mit meinem peinlichen Zustand entblößt war. Jeder konnte jetzt kommen und sehen, wie dumm und hilflos ich da lag, wahrscheinlich nahmen sie mich als Exponat für das praxisferne Leben der Zivilisation, vor dem sie ja flüchteten.

Chris stand wieder auf und ging raus, wahrscheinlich, um die anderen zu holen. Kurz darauf hörte ich ein Donnergrollen. Es war tief und gewaltig. Ich dachte an das Meeresrauschen, von dem ich immer wieder träumte.

Als ich mich wieder bewegen konnte, wusste ich nicht, ob ich zwei Minuten oder zwei Stunden so dagelegen hatte. Meine Augäpfel schmerzten auf jeden Fall beim Blinzeln so als wären meine Lider aus Schmirgelpapier.

Ich hob meinen Kopf und versuchte, mich aufzurichten, es ging nicht auf Anhieb. In diesem Moment fragte ich mich, ob Silas irgendwo unter der Erde verscharrt lag, leblos wie ich. Es war nur so ein Gedanke.

Chris kam rein, ging auf mich zu, nahm meine Hand und zog mich hoch. Es ging so schnell, dass ich die Bewegung nicht richtig verstand. Bisher musste mir niemand beim Aufstehen helfen.

„Merkst du, wie kraftlos du bist? Du musst heute viel essen, sonst wird das nichts", sagte er.

Mir wurde erstmal kurz schwarz vor Augen, in meinen Ohren rauschte es. Dann spürte ich es in meinem Bauch rumoren, aber kein Verlangen nach Essen. Gleichzeitig wusste ich, dass in diesem Zustand eine Flucht undenkbar war. Ich fühlte mich gefangener denn je.

„Komm, wir gehen raus", sagte der andere und stand auf.

Ich schüttelte den Kopf.

„Soll ich dir etwas zum Essen bringen?", fragte er.

Ich schüttelte den Kopf. Er ging.

Draußen hörte ich wieder Donner, aber diesmal weiter weg. Das Gewitter war wohl vorbeigezogen. Stattdessen hörte man das Lachen und die Stimmen der anderen Leute. Ich war so weit weg von alledem. Es gab nirgends einen Platz für mich auf dieser Welt. Am allerwenigsten hier, bei diesen Naturfreaks. Sie konnten noch so viel singen und tanzen, wenn der Winter kam, waren sie ziemlich arm dran. Wenn sie krank wurden, war der Spaß schnell vorbei. Wenn sie unsere Versorgungspakete nicht mehr klauen konnten, dann blieb ihnen nicht mehr viel. Außer vielleicht Baumrinde kauen. Und dann noch diese einseitige Sicht auf die Welt. Das Ursprüngliche, das Natürliche! Die pure Romantik. Es war schade, dass es keine Polizei oder Armee mehr gab, die könnte hier einmarschieren und den Laden platt machen. Aber Unruhen wollte ja keiner mehr, der letzte große Krieg war erst ein paar Jahrzehnte her, das war schon schlimm genug.

Ich stand auf und lief zum Zeltausgang. Da saßen sie alle, unter den dunklen Wolken. Aßen Äpfel, Nüsse, Brombeeren, Wurzeln, Kräuter. Sie redeten so viel und durcheinander, es summte wie in einem Bienenstock. Was sollte man sich nur zu erzählen haben? Sie umarmten sich, klatschten in die Hände, manche sangen vor sich hin. Es war eine absolut wirre Szenerie. Es fehlte irgendwie an Ordnung, an Struktur, an klaren Linien.

Der Tag verlief wie verschwommen, ich konnte mich kaum an irgendwas erinnern. Meine Gedanken verselbstständigten sich immer mehr und seilten sich ab von der Realität. Ich lag da und hörte meinen Atem, meinen Herzschlag, das Rauschen in meinen Ohren. Menschen liefen um mich herum, schauten mich an, berührten mich, sprachen mit mir, versuchten mir was einzuflößen. Es war mir alles egal geworden. Ich spürte keinen Schmerz, keine Angst, keine Bedürfnisse mehr. Es war fast wie eine Befreiung.

7

Meine Eltern sprachen nie über ihre Vergangenheit. Als hätten sie keine. Ich dachte, es wäre normal und ich fragte sie auch nie danach. Wie sie aufgewachsen waren, wie sie sich kennen gelernt hatten, wie ihre Ausbildung war. Ob sie als Kinder Angst vor der Dunkelheit hatten oder vor einer Hungersnot, die meine Großeltern, die ich nie kennen lernte, erlebt hatten während des großen Kriegs. Als ich Karlh kennen lernte, merkte ich, dass es bei ihm anders war. Er lebte zwar nicht mehr bei seinen Eltern, aber sie waren im regen Kontakt und unterstützten ihn bei seiner Entscheidung, in die sibirische Hauptstadt zu ziehen, um dort zu arbeiten. Sie waren getrennt und sein Vater hatte eine neue Familie gegründet, was ich ungewöhnlich fand. Gleichzeitig fragte ich mich, ob meine Eltern nicht auch andere Familien vor unserer hatten, von denen wir nichts wussten. Der Gedanke ließ mich irgendwie nicht mehr los. Während ich bei meiner Mutter keine dunkle Vergangenheit vermutete, weil sie immer sehr offen mit ihrem Laptop umging, kamen mir manche Verhaltensweisen von meinem Vater merkwürdig vor. Wie er manchmal ruckartig den Bildschirm herunterklappte, wenn ich in den

Raum kam. Uns nie mal was darauf zeigte, wir durften das Ding noch nicht einmal anfassen, es war wie ein ungeschriebenes Gesetz. Das einzige, was ich mal erhaschen konnte, war, dass er immer sehr genau die Nachrichten studierte, insbesondere die des europäischen Raums.

Karlh sagte, ich sollte es irgendwie mal arrangieren, dass er für fünf Minuten sein Laptop verließ und mich dransetzen. Ich hatte große Angst davor, aber die Neugierde, auf das, was mein Vater anscheinend zu verbergen hatte, wuchs von Tag zu Tag.

An einem Samstag ergab sich zufällig eine Gelegenheit. Mein kleiner Bruder hatte sich an den Brombeerbüschen im Garten das Bein aufgeschnitten, meine Mutter war bei einem Hausbesuch. Ich rief meinen Vater herbei, hielt den kleinen Tim im Arm und tröstete ihn. Mein Vater kam und schaute verdutzt auf das Blut.

„Nimm ihn mal", sagte ich und übergab ihm meinen Bruder, „ich hole das Verbandszeug."

Ich lief schnell rein, am Arbeitszimmer meines Vaters vorbei. Das Laptop war aufgeklappt. Schnell holte ich den USB-Stick aus der Hosentasche und kopierte mir die Browserhistorie der letzten drei Monate rüber. Für was anderes blieb keine Zeit.

Mein Herz klopfte den ganzen Tag wie wild und ich hatte das Gefühl, man konnte mir mein Verbrechen an der Privatsphäre an der Stirn ablesen. Karlh fragte mich, wovor ich so große Angst hatte. Ich überlegte. Davor, dass mein Vater mich noch weniger lieben könnte als bisher schon. Denn ich hatte ganz klar unsere Regeln gebrochen, da gab es keine Zweifel.

Abends setzte ich mich an die Daten und wühlte mich hindurch. Ich fand die wirrsten Dinge, mit denen ich niemals gerechnet hatte. Mein Vater, den ich als sehr ernsten und integren Mann kennen gelernt hatte, war ausgiebig auf Seiten von Verschwörungstheoretikern, die unsere bestehende Gesellschaftsform anzweifelten, unterwegs, die von einem erneuten Umbruch, sogar Krieg sprachen. Es überkam mich ein fast ekliges Gefühl, das alles zu lesen, als ob ich mein Gehirn verunreinigen würde. Manches war auch merkwürdig esoterisch, es ging um Sterne, Wolken, die Bewegungen auf der Sonnenoberfläche, Aufzeichnungen der Intensität von Sonnenstrahlen. Ich konnte das gar nicht erst nehmen, es schien so pseudowissenschaftlich. Suchten Menschen schon nicht seit Jahrtausenden nach Erklärungen, Mustern, Auflösungen? Mein Vater las fast ausschließlich Nachrichten über die Nomaden, manches war auch zum Thema Internet- und Stromverbindungen. Das ordnete ich unter beruflichem Interesse ein. Natürlich konnte ich seine ganzen persönlichen Nachrichten an andere nicht sehen, die liefen unter einem anderen Programm.

Nach einer halben Stunde hatte ich genug und löschte alles wieder vollständig. Mir war irgendwie schlecht. Es enttäuschte mich natürlich, dass er einer derjenigen war, die unser sensibles gesellschaftliches Konstrukt anzweifelten, als ob es eine Alternative gäbe. Hatte er nicht verstanden, dass die Zeit der Satelliten und Flugzeuge, der Jahrmärkte und Messen, der vollen Hotels und Jachten, des Überflusses und Reichtums endgültig vorbei war? Es gab kein Zurück mehr, auch wenn noch viele der Überreste aus der alten Zeit direkt vor unserer Nase standen. Sie waren zerfallen.

Karlh sagte, es gäbe eine grundsätzliche Unzufriedenheit mit der Welt, wie sie war und bei jedem würde sich das anders äußern. Aber das tröstete mich nicht. Es half doch nichts, sich in Parallelwelten zu flüchten und sich dort zu verschanzen, zu leugnen, was gerade wirklich passierte. Oder das Leben einfach selbst in die Hand zu nehmen, auch wenn die Mittel nur begrenzt waren.

Heute war allerdings der erste Tag, an dem ich meinen Vater verstand. Ich lag da, ich wusste nicht, ob es Tag oder Nacht, ob ich schlief oder wach war. Ich konnte allerdings sehen, wie er an mein Lager kam und sich neben mich setzte. Er kraulte seinen grauen Bart und rückte seine Brille zurecht.

„Manchmal ist es so trostlos, da bleibt einem nichts anderes übrig", sagte er, „als sich zu..."

„Als sich was?", rief ich und richtete mich auf.

„Wie?", sagte er.

Ich schaute ihm direkt in die Augen. Sie waren nicht mehr so faltig und grau, wie früher, er sah jünger aus.

„Als sich was?", fragte ich nochmal.

„Ich weiß es nicht", sagte er.

Dann sah ich, dass Jaeck vor mir saß und nicht mein Vater. Ich musste mich erst orientieren. Wo war ich? Genau, im Nirgendwo. Im Tal des Nirgendwo.

„Was ist nur mit dir los?", fragte er. „Du bist seit Tagen hier und das waren die ersten wirren Worte, die du gesprochen hast. Kannst du uns überhaupt verstehen? Warum isst du nichts? Was ist mit den Informationen, die ich brauche?"

Ich stand auf und lief raus in die Dunkelheit. Warum war es überhaupt dunkel, war es spät am Abend oder früh am Morgen? Ich hatte keinen Plan mehr. Keine Schuhe mehr. Keinen Verstand mehr. Das Feuer glomm noch, sodass es nicht ganz schwarz war draußen. Ich stolperte durch die Gegend, spitze Steine und Äste in meinen Sohlen. Es war ziemlich schnell ziemlich kalt. Meine Hände streckte ich nach vorne aus, um nicht gegen einen Baum zu laufen.

„Hey!", hörte ich von irgendwoher rufen.

Ich drehte mich zu allen Seiten, aber ich konnte die Stimme nicht lokalisieren.

„Komm her!"

War es Silas Stimme? Oder die meines Vaters? Ich lief immer weiter, aber das Rufen kam wie von oben. Oder unten? Meine Welt war irgendwie nicht mehr so ganz gerade.

„Hey, hey", sagte jemand und nahm mich an meiner Hand.

Sie war ganz warm.

„Shh", sagte Chris. „Komm mal mit. Ganz ruhig", sagte er leise und führte mich wieder zu dem Lagerfeuer, an dem niemand mehr war. Drückte mich runter, sodass ich mich setzte und legte eine Decke um mich. Ich konnte sein Gesicht nicht sehen, nur Schemen.

„Du bist sehr aufgeregt", sagte er wieder mit leiser Stimme. „Hier, ich habe etwas, das wird dich beruhigen. Probier das mal."

Er nahm einen kleinen Zweig, holte sich Feuer von der Glut und zündete etwas an, was er an seinen Mund führte. Rauchen. Ich hatte das in den ganz alten Filmen vielleicht einmal gesehen. Es sah komisch aus, auch wenn die Leute früher es wohl die ganze Zeit taten. Die letzte Zigarette wurde vor 100 Jahren verkauft, oder noch länger her. Es war so absurd wie sich vorzustellen mit Papier und Stift zu schreiben. Niemand konnte das mehr.

„Du hältst das an deinen Mund und atmest tief ein", sagte er und ich spürte seine Hände an meinem Gesicht.

Ohne groß zu überlegen, folgte ich seiner Anweisung.

Zuerst dachte ich, er will mich umbringen. Ich bekam keine Luft und hustete, schlug mit meinen Armen um mich. Meine Lunge fühlte sich an wie abgefackelt. Chris hielt mich fest. Dann war der erste Krampf vorbei und ich lehnte mich vor Erschöpfung zurück, ließ mich einfach nach hinten fallen. Es war das schönste Zurückfallen, was ich jemals hatte. Ich fühlte eine Riesen-Anspannung von mir abfallen. Schaute auf den

Himmel und die Sterne. Die Streifen, die immer noch ihre Spuren hinterließen, wie ein grünes Wolkenfeuer. Sie waren so kraftvoll und erzählten von einer Welt weit weg. Mein Atem war auf einmal so frei, er war überhaupt da. Ich war wach, aufmerksam und anwesend.

Chris legte sich neben mich und gab mir noch einen Zug, diesmal konnte ich die Zigarette selbst festhalten. Sie war dünn und weich. Der Rauch verätzte immer noch meine Lunge und trieb mir die Tränen in die Augen. Aber es störte mich nicht mehr so. Ich war einfach nur glücklich. Das erste Mal seit einer langen Zeit.

Ich hatte das Gefühl, das schwarze Universum würde mich aufsaugen mit seiner Weite. Mich verschlingen. Und gleichzeitig wusste ich ganz genau, dass hinter meiner ganzen Schicht aus Angst und Unsicherheit was ganz anderes steckte, ein anderer Mensch. Einer, den ich vielleicht gar nicht kannte oder nur erahnen konnte. Je länger wir da lagen, desto wirrer wurden meine Gedanken. Ich hatte sie gar nicht mehr unter Kontrolle, was wahrscheinlich gut war.

„Was ist mit mir passiert?", fragte ich und mein Mund fühlte sich komisch an, weil es schon so lange her war, dass ich bewusst gesprochen hatte.

„Ich weiß es nicht. Ich hab sowas noch nie vorher erlebt. Wir hatten alle Angst, dass du sterben würdest", sagte er.

„Na und? Wäre es nicht egal gewesen?"

„Vielleicht. Aber ich mochte dich irgendwie."

„Ich möchte wieder in die normale Welt. Das hier ist nichts für mich. Ich muss morgen früh weg."

„Bleib noch ein bisschen. Ich möchte dich noch besser kennen lernen. Woher kommst du? Warum reist du?"

„Brauchst du das für Jaeck? Ich kann diese Lebensphilosophie hier nicht unterstützen, das weißt du hoffentlich. Dieses technikfeindliche Hippietum ist weltfremd und gefährlich."

„Weltfremd", sagte Chris und das Wort schien wie vom Wind weggetragen zu werden. „Das ist eine ganz schön verbohrte schwarz-weiß-Sicht. Ich finde dich weltfremd. Viel näher an die Welt als bei uns wird es nicht mehr."

„Vielleicht. Aber du bist doch einer der gebildeten hier, oder? Du weißt doch, was im letzten Krieg los war, willst du das etwa noch ein zweites Mal?"

Ich stützte mich auf meine Ellenbogen auf und schaute in seine Richtung. Sah nur die Glut der Zigarette, wie sie zwischen uns wanderte.

„Niemand von uns will das. Aber so kann es auch nicht weitergehen. Dieses Dahinvegetieren vor dem Laptop. Das ist doch kein Leben. Denk doch mal darüber nach, wann hat dich das letzte Mal jemand berührt? Bewusster Haut-an-Haut-Kontakt?"

Gleich darauf spürte ich seine Finger an meinem Ärmel, sie suchten nach meiner Hand. Reflexartig zog ich sie weg.

„Siehst du, das Allernatürliche macht uns Angst. Es ist schräg. Es ist anstrengend mit Menschen richtig zusammen zu leben und zu kommunizieren, aber alles andere ist doch trostlos."

„Andere gegen ihren Willen zu entführen ist nicht besser."

Chris schwieg und ich hörte nur seinen Atem in der Dunkelheit.

„Jaeck sagte, du wärst gestürzt und wärst ohnmächtig geworden. Er hätte dich zur Beobachtung mitgenommen", sagte er schließlich.

„Er will Informationen von mir, sonst lässt er mich nicht gehen. Und was ist mit Silas? Weißt du etwas von ihm?"

Chris antwortete nicht und ich konnte auch seinen Gesichtsausdruck nicht sehen. Er drückte die Zigarette auf dem Boden aus, die Glut erlosch.

„Er war hier. Es kam zu einem Zwischenfall“, sagte er fast tonlos.

„Was meinst du damit?“

„Ich kann nicht mehr sagen. Wir sollten schlafen gehen. Die Sonne geht bald auf.“

„Hm. Silas war mein Kumpel. Ich will wissen, was passiert ist.“

„Morgen“, sagte Chris und stand auf. Führte mich zu dem Zelt. Ich legte mich hin und schlief in dem Moment ein, in dem mein Kopf das Kissen berührte.

8

Am nächsten Tag, die Sonne stand schon ziemlich mittig, brummte mir ganz schön der Schädel. Ich krabbelte aus dem Zelt und sah, dass alle hochbeschäftigt waren. Männer und Frauen kochten, zimmerten, reparierten, sangen, schrien und schimpften. Wie in einem Ameisenhaufen. Ich bekam meine Augen gar nicht so weit auf, um zu sehen, ob Chris auch dabei war. Ich sah fast nur Beine vor mir. Lisa blieb vor mir mit einem Berg Wäsche im Arm stehen und lachte mich an.

Dann ging sie wieder und kam mit einem Becher Wasser zurück.

„Hier, das kannst du sicher gebrauchen", sagte sie und kniete sich neben mich.

Tatsächlich fühlte ich mich ausgetrocknet und ausgehungert.

„Ich möchte heute weiter reisen", sagte ich, nachdem ich ein Schluck genommen hatte. Das Wasser war angenehm kalt und ich spürte, wie es durch die Speiseröhre in meinen Magen floss.

„Okay. Ich werde mit Jaeck sprechen. Bleib doch noch bis morgen, du musst Kraft sammeln für deinen langen Weg", sagte sie und ihr Blick schweifte in die Ferne, über die Baumwipfel, zu den kleinen Wölkchen am Himmel.

„Da bist du ja", Charlie kam angerannt und hüpfte von einem Bein aufs andere. „Willst du mit mir Pilze sammeln gehen?"

In einer Hand hielt sie einen Korb, den sie sich auf den Kopf setzte und dazu lachte.

„Schatz, sie hat doch keine Ahnung von Pilzen", sagte Lisa. „Bring ihr doch bitte lieber was zum Frühstücken, danach kannst du losziehen."

„Oder willst du dich vorher noch waschen?", fragte sie und wandte sich wieder mir zu. „Wir können zusammen zum Bach gehen, wenn du willst, da wollte ich sowieso gerade hin."

„Das wäre super. In meinem Rucksack ist frische Kleidung...", erwiderte ich.

„Ich geb dir welche von uns", sagte sie.

Als wir am Bach ankamen, zog ich mich aus und wusch mich. Nein, waschen konnte man das nicht nennen. Ich tat so als ob, denn das Wasser war viel zu kalt und meine Füße waren schon ganz taub, als ich nur drin stand. Außerdem war es mir furchtbar unangenehm, vor einer fremden Frau so dazustehen. Und es konnten jeden Moment irgendwelche Leute kommen, die mich so sehen würden, das alles verunsicherte mich sehr. Lisa wusch ihre Wäsche, schaute zu mir rüber und las wohl meine Gedanken. Sie kam zu mir.

„Weißt du was, zu zweit geht das viel besser", sie setzte mich an das Ufer, nahm einen Becher und goss mir das Wasser über den Kopf.

„Oh Gott", schrie ich, denn es war so kalt und unerwartet.

Dann holte sie ein Stück Seife und begann, mich einzuschäumen. Aber mit so einem kräftigen Händedruck, dass mir ganz schwindelig wurde.

„Die Menschen wissen ja gar nicht mehr, wie es ist ohne Dusche zu leben, nicht? Mach deine Augen bitte zu. Hat deine Mutter dich nicht mal gebadet? Draußen im Regenwasser, wenn es heiß war? Es ist so eine schöne Sache. Man bekommt ein ganz anderes Verhältnis zu seinem Körper, viel ungezwungener. Natürlich jeder wie er mag. Auch bei uns gibt es Einzelgänger... Was ist das?", sagte sie, als sie bei meinen Armen angelangt war. Ich traute mich nicht, die Augen zu öffnen wegen des ganzen Schaums. „Sieht aus wie getrocknetes Blut. Hattest du einen Unfall?"

„Nein", sagte ich und wunderte mich gar nicht, dass ich mich damals so schlecht gewaschen hatte. „Auf der Reise ist jemand gestorben, dem ich helfen wollte. Es war leider schon zu spät."

„Nein, wie furchtbar. Was du in deinen jungen Jahren schon durchmachen musstest. Und dann wurde er wahrscheinlich so lieblos am Wegesrand verscharrt wie ein Hund, oder? Das ist so schlimm, besonders für die Angehörigen. Diese Praxis ist so unmenschlich.“

„Kann man so oder so sehen. Aber wir hatten nicht vor eine Gruft für ihn zu bauen, wenn du weißt, was ich meine.“

„Das ist so zynisch, wirklich. Und alles, was am Ende bleibt, ist eine Videoaufnahme, es ist zum Heulen.“

„Ich seh das anders. Das Leben ist oft unabgeschlossen, fragmentiert, verschoben. Da ist der Tod keine Ausnahme. Deine Sehnsucht nach Vollständigkeit und Geschlossenheit ist ein Ideal, das sich in der Natur zum Beispiel am wenigsten findet.“

„Oha, sehr reflektiert“, sagte Lisa und goss mir abermals eine ordentliche Ladung kaltes Wasser über. Ich rang nach Luft, doch es kam immer mehr von oben, bis alles abgewaschen war. Lisa wickelte mich in ein Tuch ein.

„Trockne dich ab. Hier ist frische Kleidung“, sagte sie und lächelte mich an.

„Danke“, sagte ich. Ich fühlte mich wie neugeboren.

Zurück in der Siedlung aß ich Unmengen an Dingen, die meisten davon kannte ich gar nicht. Es musste wohl viel Fleisch dabei gewesen sein. Es schmeckte sehr gut und ich bekam nicht genug davon. Ich hoffte, dass mein Magen das vertrug, aber es war mir auch egal. Der Hunger war übermächtig. Auf dem zentralen Platz war jetzt am Nachmittag nicht mehr viel los, nur ein paar Leute liefen mal vorbei. Jaeck, der mir das Essen gebracht hatte, saß neben mir.

„Jetzt, wo du wenigstens sprichst, kannst du mir ja endlich meine Fragen beantworten", sagte er, während er mit einem Messer einen Stock spitzte.

„Zuerst musst du mir meine Sachen wieder geben", sagte ich.

„Die bekommst du morgen früh. Ich will sicherstellen, dass du keine Videoaufnahmen machst."

„Dann aber musst du mir wenigstens verraten, was aus meinem Freund Silas geworden ist."

Jaeck hörte auf zu schnitzen, legte das Messer und den Stock bei Seite.

„Silas, wenn das sein Name war, hat hier ganz schön viel Aufruhr verursacht. Er musste uns schon gehört haben, als er uns im Wald entgegenkam, oder lief er weg? Auf jeden Fall griffen wir ihn nicht weit von eurem Lager auf und nahmen ihn mit, er leistete zunächst keine Gegenwehr. Als wir hier waren, schlug er einen unserer Männer mit einem Stein nieder, verletzte einen anderen mit einem Messer. Es kam zu einem Gerangel, bei dem er auch was abbekam. Auf jeden Fall flüchtete er, wir nahmen die Verfolgung auf. Aber in der Dunkelheit war das gar nicht so einfach. Außerdem lief er in eine Richtung, die noch tiefer ins Tal führte, dort ist es nicht ungefährlich. Und dort verliert sich seine Spur."

„Warum ist es da gefährlich?", fragte ich und war immer noch dabei, die neuen Informationen zu verarbeiten.

„Sümpfe, Dickicht, kaum Wildwege und in der Richtung kommt nur noch eine Siedlung, und die ist von uns. Dazwischen Bären und Wölfe. Die greifen natürlich normalerweise keine Menschen an, aber da würde ich mich trotzdem nicht hin trauen. Wenn man sich da einmal verirrt hat, wird es schwer wieder rauszukommen."

„Warum sagst du mir das erst jetzt? Ich muss ihn suchen."

Jaeck zuckte mit den Schultern.

„Es ist ziemlich aussichtslos, er ist doch schon längst über alle Berge. Wir können ihm nicht mehr helfen.“

„Das ist eine Sauerei“, sagte ich und stand auf. „Er irrt da also irgendwo allein durch die Gegend und du machst nichts? Man könnte doch die Försterin alarmieren, sie hat doch ein Pferd, sie kennt sich hier doch aus.“

Jaeck gab ein tiefes und dunkles Lachen von sich.

„Theoretisch. Aber erstens kommst du mit einem Pferd da auch nicht durch, sie patrouilliert ja meistens an der Grenze des Reservats. Und zweitens kennt sie sich hier nicht aus, glaub mir.“

Es entstand eine längere Pause. Chris lief währenddessen an mir vorbei und schaute mich flüchtig an.

„Jetzt bist du dran. Du wolltest mir doch noch was mitteilen“, sagte Jaeck.

„Okay. Aber ich möchte klar machen, dass ich das alles hier, diese gesamte Lebensform nicht unterstütze, es ist falsch und unmenschlich, das habe ich schon vorher gedacht und jetzt hat sich mein Eindruck noch mehr bestätigt. Und es kann ja eigentlich nur so sein, dass du die Server, von denen du so viel wissen willst, zerstören willst.

Ich hoffe natürlich, dass es dir – oder euch – nicht gelingen wird."

Jaeck schaute mich die ganze Zeit mit einem reglosen Gesicht an.

„Das Ziel meiner Reise ist die Stadt Omsk", fuhr ich fort. „Dort steht die größte Serverfarm, wie du sicherlich wissen wirst. Von dort aus wird ein großer Teil der Region versorgt. Die Sicherheitsbestimmungen sind lax, denn wer wollte da schon einbrechen außer ein paar Spinnern? Alle Serverfarmen sind natürlich vernetzt und kooperieren aufs Engste miteinander. Sie können aber auch unabhängig funktionieren, falls einer mal ausfällt."

„Wie viele gibt es davon insgesamt?"

„Zehn."

„Bist du dir sicher, dass es nicht mehr sind? Was ist mit Backup-Severn?"

„Was weiß ich denn, ich bin hier nicht beim Geheimdienst angestellt. Wahrscheinlich gibt es keine, nein."

„Und was ist mit der Stromversorgung?"

„Zentral. Aber es gibt auch eigene Not-Aggregate, falls mal was ausfällt."

„Du weißt, dass ich dich überall ausfindig machen kann, wenn du nicht die Wahrheit sagst?"

„Klingt nach einer klassischen leeren Drohung, wenn ich ehrlich bin."

Mir lief trotzdem ein kalter Schauer über den Rücken.

9

Ich lief sofort los. Silas Notebook nahm ich von seinen Sachen mit, den Rest schaffte ich nicht. Ich hatte keine Karte, keine Orientierung, keinen Kompass. Etwas abseits vom Camp setzte ich mich kurz hin und versuchte meine Gedanken zu sortieren. Sollte ich wirklich versuchen Silas zu finden, obwohl ich gar keinen Plan hatte, wo er war? Und mich hier nicht auskannte. Oder sollte ich lieber zur nächsten Bahnstation, die ja nicht so weit weg sein konnte und von da aus Hilfe holen. Es gab nur keine Hilfe zu holen. Ich hatte Angst, dass wenn ich erstmal zur Bahn lief, ich nicht mehr zurückkehren würde und mich mein Leben lang das schlechte Gewissen plagen würde, Silas im Stich gelassen zu haben. Also gab es doch nur eins zu tun. Ich lief in dieses Tal, tiefer und tiefer hinein.

Dabei versuchte ich mich in Silas hineinzuversetzen. Die Richtung, in die er verschwunden war, hatte ich. Aber was würde er tun? Versuchen, den Weg zurückzufinden, sich auf eigene Faust durchschlagen, die Berge hochlaufen? Ich kannte ihn ja kaum. Aber ich schätzte ihn so ein, dass er versuchen würde, eine Orientierung im Gelände zu bekommen und gleichzeitig die Nomaden zu meiden. Nachts könnte er sich an den Sternen orientieren, aber ob das so gut ging? Durch den dunklen Wald zu laufen war kein Spaß. Und dann war da noch die Sache mit den wilden Tieren.

Nach einiger Zeit hörte ich den Bach rauschen. Natürlich. Er würde dem Wasser folgen. Ich lief schnell hin und folgte dem Lauf flussaufwärts. Versuchte irgendwo Spuren von ihm zu finden. Der Boden war trocken und keine Fußabdrücke zu sehen. Wenn er eine Verletzung gehabt hätte, wäre er bestimmt zum Bach gegangen, um die Wunde zu säubern. Ich untersuchte genau die Ufer nach einer guten Stelle, sich niederzulassen, aber keine Hinweise auf Silas.

Es dämmerte. Ich war müde und hungrig. Setzte mich an den Bach und überlegte mir, wo ich schlafen sollte. Ob es möglich war, auf einen Baum zu klettern und dort zu schlafen. Ohne runterzufallen. Die Sonne war schon untergegangen. Ich schaute nach oben zu den Baumwipfeln, wie sie sich in dem Restlicht hin und her schwangen. Wie bedrohliche Riesen, die bald zum Leben erwachen würden. Ich legte mein Zeug ab, füllte mein Wasser auf und machte mich in der näheren Umgebung auf die Suche nach was Essbarem. Brombeeren, Walderdbeeren, die ersten Bucheckern. Ich war nicht sehr gut darin. Als ich zurückkam und meine Ausbeute sichtete, hörte ich ein Knacken. Ich hielt inne und schaute in alle Richtungen. Der Laubwald war dicht, sodass man nicht weit gucken konnte. Ich überlegte, Silas' Namen zu rufen, entschied mich aber dagegen. Dann raschelte es wieder. Es war näher und war aus der Richtung zu hören, aus der ich gekommen war. Gebannt schaute ich durch die grünen Blätter und dachte an irgendein wildes Tier oder Jaeck, der gekommen war, um mich hinterrücks niederzuschlagen. Tatsächlich zeigte sich eine menschliche Gestalt, die ruhig in meine Richtung lief. Und dann abrupt stehen blieb. Die Person war sehr weit weg. Und dann erkannte ich ihn. Es war Chris. Ich wusste gar nicht, ob ich mich freute, ihn zu sehen. Er sah mich dann auch und kam zu mir rüber.

„Was machst du hier?", fragte ich ihn.

Er setzte sich zu mir auf den Boden und legte seinen Rucksack ab.

„Ich hatte Angst um dich... so allein im Wald", sagte er und schaute schuldbewusst.

Nahm seine Brille ab und begann sie zu putzen.

„Brauchst du aber nicht. Ich komme zurecht. Wissen die anderen, dass du hier bist?"

Er schüttelte den Kopf.

Ich war auch irgendwie erleichtert, dass er da war. Das erste Mal dachte ich, dass das besser war als allein zu sein.

Christ faltete eine Decke auseinander und begann danach eine kleine Feuerstelle einzurichten.

„Du, das ist echt nett von dir, auch dass du den ganzen Weg hierher gelaufen bist... Aber ich suche lieber alleine nach Silas. Nicht falsch verstehen, aber du gehörst zu den Nomaden und ich hab mit euch keine guten Erfahrungen gemacht, ich meine, ihr seid der Grund, wieso mein Kumpel überhaupt verschollen ist. Es wäre besser, wenn du wieder gehst."

„Ich bleibe nur die Nacht, okay? Morgen früh bin ich weg, versprochen. Ich hab auch was zum Essen mitgebracht. Und ich hatte gehört, was Jaeck dir erzählt hatte... dazu wollte ich auch noch was sagen."

Ich war froh, dass er mir ein paar gute Gründe lieferte, um ihn nicht mehr wegschicken zu müssen.

„Ach ja?", sagte ich.

Chris entzündete das Feuer und legte ein paar Stöcke vorsichtig drauf. Ich wusste gar nicht, wie er das jetzt gemacht hatte, auf einmal knisterte es.

„Das mit den wilden Tieren vergisst du gleich wieder, ja? Ich denke das war ein Scherz von ihm", sagte Chris und drehte sich zu mir.

„Sag das mal meinem Unterbewusstsein", murmelte ich und zog meine Schuhe aus, knetete meine wunden Füße. „Und was ist mit Silas, weißt du mehr darüber, wo er sein könnte?"

„Es wäre besser, du würdest ihn nicht suchen."

„Warum?", fragte ich mit ein bisschen zu spitzer Stimme.

Chris reichte mir was zum Essen rüber in einer Stofftasche, ich konnte es nicht identifizieren. Es schmeckte...okay?

„Weil es aussichtslos ist. Und am Ende verendest du wie er in diesem Dschungel, findest deinen Weg nicht mehr heraus. Dreh um und lauf zu der Bahnstation. Ich kann dich begleiten."

„Du hältst wohl nicht viel davon, sich gegenseitig zu unterstützen? Dabei dachte ich, dass in eurer Gemeinschaft genau das ganz oben steht."

Es entstand eine längere Pause. Mir fiel auf, dass es mittlerweile fast dunkel geworden war. Nur der Feuerschein spendete uns Licht. Ich fing an zu frieren und schlug die Arme um meine Beine.

„Zwei Tagesmärsche in den Norden kommt eine weitere Nomadengruppe", sagte Chris leise. „Die sind ein bisschen anders als wir. Noch ursprünglicher? Nette Kerle... aber es wäre mir trotzdem lieber, du würdest nicht auf sie treffen. Ich glaube deine Art würde bei denen nicht gut ankommen."

„Was soll das denn heißen?"

Ich schaute in sein Gesicht, doch im schwachen Licht des Feuers konnte ich seinen Blick nicht hinreichend interpretieren.

„Kantig. Ein besseres Wort fällt mir nicht ein. Wie auch immer, auf jeden Fall... nutz die Gelegenheit und fahr nach Hause, das möchtest du doch sicher."

„Meinst du ich wäre unfreundlich?"

Chris sagte nichts. Ich wertete das als ein Ja. Und wollte gerade anfangen, mich zu verteidigen. Doch ich ließ es bleiben, ich hatte meinen Standpunkt wohl schon oft genug hervorgebracht. Ich wollte sagen, dass ich „seine Leute" auch unfreundlich fand, doch es hätte jetzt auch nicht mehr viel genutzt. Wir schauten zusammen auf die Flammen und ich dachte, dass es eine spezifische Art der Einsamkeit gab, die man fühlte, wenn man mit anderen zusammen war, sich aber von ihnen abgeschnitten fühlte. Das war irgendwie noch schlimmer, als einfach nur ganz allein einsam zu sein. Denn so hätte man Gemeinschaft haben können, scheiterte aber in dem Vorhaben. Das war wohl der Grund, wieso so viele Menschen mittlerweile allein lebten und die Fortpflanzungsrate sehr gering war. Per Internet Kontakt halten war schön, zusammen Unstimmigkeiten aushalten dagegen anstrengend.

Ich zog meinen Rucksack rüber, um ihn als Kopfkissen zu benutzen. Holte noch einen Pullover heraus, den ich überzog. Legte mich hin und versuchte eine bequeme Stelle zwischen Steinen und Wurzeln zu finden. Schloss meine Augen. Der Schlaf war noch weit weg. Sorgen, Ängste und Unsicherheiten hüpften in meinem Kopf hin und her und hielten mich beschäftigt. Auch wenn mein restlicher Körper absolut erschöpft war und den Schlaf herbeisehnte. Ich drehte mich auf den Rücken und schaute hoch in den Himmel. Er war mit einem dünnen Wolkenschleier bedeckt, die Sterne waren kaum zu sehen. Die friedlichen Riesen schwankten hin und her, fast lautlos.

Chris legte sich neben mich und reichte mir eine Zigarette. Wir rauchten zusammen.

„Ich schaue mir jeden Abend die Sterne an", sagte er leise. „Sie geben mir Hoffnung, auf eine bessere Welt. Dass sich etwas ändern kann. Vielleicht gerade dann, wenn man es nicht erwartet. Auf eine Weise, wie man es nie für möglich gehalten hätte."

„Ja okay", erwiderte ich, „also erstens klingt das so abstrakt, dass ich damit nichts anfangen kann und zweitens braucht man, um das zu denken, nicht jeden Abend die Sterne anschauen."

In der Dunkelheit hörte ich ein Seufzen. Er dachte bestimmt wieder, wie unfreundlich ich war. Aber ich stand zu meiner Aussage. Naturromantik konnte ich nicht einfach so unkommentiert stehen lassen. Es war eine verklärte Weltsicht, irgendwie auch rückwärtsgewandt, denn diese Phase hatten wir als Gesellschaft bereits ausgelebt, das Kapitel war geschlossen. Man hatte sich darauf geeinigt, die Natur einfach nur in Ruhe zu lassen, also weder im Einklang mit ihr noch gegen sie zu leben. Ich fand, das war die beste Entscheidung.

„Hast du denn gar keine Wünsche, Träume, Hoffnungen...", fragte Chris.

„Puh. Lass mich überlegen", ich nahm noch einen Zug. „Das sind so leere Konzepte, weißt du, was ich meine? Es kann sich ja jeder was Schönes dazu überlegen in seinem Kopf, aber die Realität sieht doch ganz anders aus und stellt einen auch vor besondere Herausforderungen, da helfen auch Träume und Hoffnungen nicht weiter. Also so als hätte man eine idealisierte Vorstellung von Liebe, dem perfekten Partner und einer harmonischen Beziehung und dann lebt man ein paar Jahre zusammen und streitet sich über das richtige Waschmittel."

Chris kicherte. Ich wunderte mich, dass ich den Gedanken erst beim Reden entwickelt hatte. Sowas kannte ich gar nicht.

„Das ist so nüchtern und emotionslos", sagte Chris schließlich. „Mir fehlen da irgendwie Visionen, Kreativität, Inspiration."

„Hm... da könnte was dran sein."

Chris drückte die Zigarette aus und legte eine Decke über uns. Wir schliefen ein.

Beim Aufwachen, noch bevor ich die Augen öffnete und mein Bewusstsein vollständig hochgefahren war, nahm ich ein für mich neues Gefühl wahr. Es war etwas Angenehmes. Ich hatte kein Wort und kein Konzept dafür. Auf jeden Fall wollte ich es nicht mehr hergeben. Vielleicht war es ein warmes Kribbeln. Oder eine starke Benommenheit. Oder ein leichtes Schweben. Auf jeden Fall war es weg, als ich meine Augen öffnete und sah, dass Chris seinen Arm um mich gelegt hatte. Ich nahm ebendiesen und legte ihn zu ihm zurück. Richtete mich auf. Heute war es nicht sonnig. Es war bewölkt und ein feiner Nieselregen oder Nebel lag in der Luft.

„Guten Morgen", sagte Chris und rieb sich die Augen.

Ich schlug die Decke zur Seite, stand auf und begann, meine Sachen zusammen zu suchen. Heute durfte ich keine Zeit verlieren, es waren sowieso schon so viele unnütze Tage vergangen, an denen nichts passiert und ich nicht vorwärts gekommen war.

„Sollen wir nicht noch was frühstücken?", fragte Chris und zog seine Brille an.

„Nein, ich mach das auf dem Weg. Ich muss los.“

Ich band die Schnürsenkel und zog meinen Rucksack, der mir vorkam, als würde er jeden Tag schwerer werden, auf den Rücken.

„Machs gut“, sagte ich.

Wir schauten uns noch kurz an, dann ging ich weiter. Lief viele Stunden durch den Wald, mit schnellem Tempo, immer dem Bach folgend. Es ging auf und ab, durch Hügel und Senken, dichtes Buschwerk, alte Baumstämme, stacheliges Gestrüpp, ausgehobene Wurzeln. Meine Gedanken kreisten ständig um den möglichen Aufenthaltsort von Silas, die andere Nomadengruppe und die Frage, ob ich jemals wieder aus diesem verdammten Wald rauskommen würde. Andererseits fragte ich mich das erste Mal, ob ich wirklich nach Omsk zu Karlh ziehen wollte. Ich wusste nicht genau, was sich geändert hatte. Unfreiwillig musste ich zugeben, dass die Welt der Notebook-Bildschirme und Online-Kurse mir tatsächlich mittlerweile eher dröge und flach vorkam. Auch wenn die Alternative keinesfalls darin bestand, die ganze Zeit in der Natur herumzuhängen. Ich mochte die Zivilisation. Mich störte eher die Aussicht, für den Rest meines Lebens an einem Ort festzuhängen. Die letzten zwanzig Jahre des Festsitzens hatten mir schon gereicht. Was für ein Glück, hatte ich es letztlich doch geschafft, da rauszukommen, auch wenn ich jetzt durch diesen Urwald irrte. Immer noch besser und interessanter, als die x-te Coaching-Sitzung über mich ergehen zu lassen, schweigendes Abendessen mit meiner Familie zu erdulden oder mich von den neuesten Nachrichten aus allen Ecken der Welt berieseln zu lassen.

Gerade als ich das dachte, fing es an zu regnen. Zuerst schwach, dann immer stärker. Ich wusste gar nicht, was ich machen sollte und blieb ratlos stehen. Mein Kopf wurde nass und ich hatte noch nicht einmal eine Kapuze, geschweige denn eine Regenjacke. Es war unangenehm. Ich lief weiter und merkte, dass unter einer großen Buche der Regen fast gänzlich abgehalten wurde. Das war gut. Dort machte ich eine Pause. Zu meiner Freude stellte ich fest, dass Chris eine Stofftasche mit Essen in meinen Rucksack geschmuggelt hatte. Ich machte mich über Nüsse, getrocknete Äpfel und Fleischstücke her.

Es regnete sich so richtig schön ein. Damit hatte ich nicht gerechnet. Ich schaute mich um, ob irgendwo Chris aus dem Gebüsch springen würde, um einen Regenschirm über mich zu halten. Nichts. Ich setzte mich hin und schaute den Tropfen beim Fallen zu. Es nervte mich, dass es nicht mehr voranging. Ich wurde unruhig. Und was, wenn es jetzt mehrere Tage regnete, was sollte ich dann nur machen? Die Wolken waren mir heute nicht wohlgesonnen.

Als ich so da saß, sah ich auf einmal, wie weiter weg zwischen den Bäumen ein Fuchs vorbeischlich. Er war kleiner als ich mir so einen waschechten Fuchs vorgestellt hatte. Und unscheinbarer. Es war trotzdem ein unwirklicher Anblick. Den ich am liebsten aufgenommen hätte, um ihn mir für immer zu bewahren. Ich wusste gar nicht, wann und ob ich überhaupt jemals ein wildes Tier gesehen hatte. Mich beeindruckte, wie scheu es war und wie vorsichtig es sich bewegte.

Je länger ich saß, desto mehr Bewegungen und Geräusche bemerkte ich. Eine Amsel, die unter einem Gebüsch herumhüpfte und schnell wieder verschwand. Ein paar Blätter fielen lustlos auf den Boden. Eine Maus steckte ihren Kopf aus der Erde, flitzte schnell raus und verschwand im Unterholz. Ein Mistkäfer zeigte sich kurz und krabbelte wieder unter das Laub. Der Wind wehte nur leicht und fegte ab und an die Regentropfen von den Blättern. Dann hörte ich ein Wispern. Ein Murmeln. Ein Flüstern. Es war irgendwo hinter mir. Ich blieb regungslos sitzen und traute mich kaum zu atmen. Spitzte meine Ohren. Es waren die Stimmen von zwei Frauen und ihre Schritte, das Knacken von Zweigen, Blätterrascheln, zu hören. Sie kamen näher. Ich konnte einzelne Worte hören, aber nicht verstehen. Die Sprache war Englisch, wie sie überall auf der Welt gesprochen wurde, aber der Dialekt war so fremdartig, allein die Aussprache absolut fremd für meine Ohren. Zwischendurch lachten sie oder riefen empört etwas aus. Dann entfernten sich ihre Stimmen wieder in die Richtung, in die ich gehen wollte. Ich traute mich, meinen Kopf zu drehen und hinter den Baumstamm zu blicken. Von da aus konnte ich für eine Sekunde ihre Rücken erhaschen. Sie trugen keine klassische Kleidung, sondern fast wie Gewänder, die Farbe war bräunlich, sowie lange, zu Zöpfen geflochtene Haare und größere Taschen auf ihrem Rücken. Eine von ihnen drehte sich unvermittelt um und ich verschwand schnell hinter meinem Baum. Hoffte, dass sie mich nicht gesehen hatte. Und nicht gehört. Diese Nomaden schienen ja ein Spitzen-Gehör zu haben.

Es dauerte noch lange, bis ich mich traute, mich wieder zu bewegen. Als erstes fiel mir auf, dass der Regen nachgelassen hatte. Das war schon mal gut. Dann fragte ich mich, ob ich meinen Weg wirklich fortsetzen sollte und ob das Lager von den anderen Nomaden doch nicht näher war, als Chris es mir gesagt hatte. Ich nahm mein Zeug und beschloss, den beiden Frauen zu folgen, mit nicht zu schnellem Tempo. Ihre Fußspuren waren nicht so gut zu sehen, aber sie schienen auf einem Pfad zu laufen, der wohl öfter benutzt wurde. Das machte es auch etwas leichter, seinen Weg durch den Wald zu finden.

Es ging leicht bergab und rechts von mir verwandelte sich der Wald in eine bergige und felsige Landschaft. Laubbäume wurden zu Fichten und Kiefern. Ach was, vielleicht waren es auch Tannen, ich hatte doch keine Ahnung von diesem Gehölz. Auf jeden Fall wurde der Weg durch die Nadeln weicher und es war ungewöhnlich still. Gespenstisch still. Und dunkel. Ich bekam Angst. Angst davor, dass mir jemand auflauerte und sich gleich auf mich stürzte und ich einen Riesenschreck bekam. Ab und an fielen ein paar Regentropfen, vom Wind aufgewirbelt, und das war schon unheimlich. Vorsichtig setzte ich einen Fuß vor den anderen und achtete darauf, keinen Zweig knacken zu lassen. Musste mich ducken, um durch die trockenen und alten Zweige zu kommen, die ein dichtes Netz bildeten. Lauschte genau darauf, ob ich irgendwo Stimmen hörte.

Schließlich fand der Wald ein abruptes Ende. Ich ging durch die letzten Bäume und blieb stehen. Vor mir tat sich ein Abgrund auf, es ging steil nach unten. In ein kleineres verschachteltes Tal, dessen Mitte vor allem von einem See ausgefüllt wurde. Rechts ragten riesige Felswände nach oben, die ziemlich glatt waren und nicht so aussahen, als könnte man die beklettern. Links war einfach nur der Nadelwald, den ich jetzt auch schon im Rücken hatte. Das Tal war menschenleer, was ich merkwürdig fand. Irgendwas stimmte an dem Bild nicht.

Ich ging etwas zurück und kniete mich nieder, um nicht zu auffällig herumzustehen. Legte den Rucksack ab und setzte mich auf ihn drauf. Blieb reglos und beobachtete alles, was ich sehen konnte, ganz genau.

Es passierte nicht viel. Die Bäume schaukelten ganz leicht im Wind, der Himmel war grau und ohne Sonne. Die Wasseroberfläche still und klar. Die Felsen glänzten vom Regen. Ich schaute durch die Baumreihen auf die andere Seite. Einen Baum nach dem anderen suchte ich mit meinen Augen ab. Plötzlich sah ich, dass auf der anderen Seite des Waldes eine der Frauen saß und mir direkt in die Augen schaute. Ich wäre fast rückwärts umgefallen. Was ich auf die Entfernung erkennen konnte war, dass sie einen sehr ernsten Gesichtsausdruck hatte und absolut regungslos blieb.

Ich wusste nicht, was ich machen sollte. Mein Herz pochte laut und hysterisch, mein Körper war in totaler Aufregung. Mein Geist fixiert auf diesen Menschen, auch wenn der Augenkontakt so schwer auszuhalten war. Ich traute mich nicht zu blinzeln.

Blitzschnell holte sie einen Pfeil und schoss ihn in meine Richtung. Ich hatte noch nicht einmal Zeit, mich zu ducken. Ich muss wohl irgendwie einen Schrei ausgestoßen haben, er hallte im Tal nach. Der Pfeil landete im Baumstamm links von mir. Die Frau war weg. Schnell nahm ich meine Sachen und rannte zurück in den Wald, um nicht mehr gesehen zu werden. Meine Atmung hyperventilierte, in meinen Händen und Füßen kribbelte es von tausenden Ameisen.

Ich blieb irgendwo stehen, fast schwarz vor Augen. Beugte mich nach vorne, um noch mehr Luft zu bekommen. Der Schreck saß tief. Wenn ich nicht schon vorher paranoid war, jetzt auf jeden Fall. In diesem verdammten Wald konnte man nie wissen, wer einem gerade auflauerte, es war furchtbar. Bald wurde es Abend. Wie sollte ich mich da hinlegen. Vielleicht war jemand schon die ganze Zeit auf meinen Fersen, vielleicht war alles nur ein Zufall. Vielleicht sollte ich zurückgehen. Auf diesem Terrain war ich leicht zu schlagen, denn ich hatte null Vorerfahrung. Ein Pinguin würde sich besser hier zurecht finden als ich. Und könnte sich besser tarnen.

Ich musste mich schnell entscheiden. Was ist, wenn die Angreiferin bereits auf dem Weg hierher war. Meine Gedanken waren durch das ganze Adrenalin konfus geworden. Da kam schon der zweite Pfeil, warf mich fast um. Streifte den linken Arm. Ich spürte noch gar keinen Schmerz. Schaute wie paralysiert auf die Fetzen meines Jackenärmels. Blut quoll hervor und jetzt kamen auch die Schmerzen, eine wahre Sturzflut davon. Ich jaulte unkontrolliert auf, taumelte und mir wurde schwarz vor Augen. Im Bruchteil einer Sekunde musste ich an den toten Bahnmitarbeiter denken, der ebenfalls durchbohrt wurde. Überall war Blut. Ich presste oberhalb des Lochs, aber meine Hand zitterte. So schnell wollte ich nicht aufgeben, nicht schon wieder von irgendjemandem abtransportiert werden. Ich rannte los. In die Richtung, aus der ich gekommen war. Ich rannte und rannte und rannte. Mein Arm pochte. Meine Lunge ächzte. Die Füße spürte ich nicht mehr. Das ging eine Weile so. Aus meinem Tunnelblick heraus registrierte ich plötzlich ein Stück Stoff an einer Pflanze. Ich blieb stehen. Es war sehr klein und grau und hing an den Dornen eines Himbeerbusches. Das könnte ein Teil von Silas Jacke sein. Außer, dass ich nicht wusste, ob es vor einer Woche oder gerade eben dort gelandet war und in welche Richtung er zu diesem Zeitpunkt unterwegs war. Mein Kopf war wirr. Ich konnte mich nicht orientieren, ich wusste nicht mehr, welche Richtung wohin gehörte. Die Schmerzen in meinem Arm waren stechend. Man könnte meinen, jemand hätte mich mit etwas Scharfem durchbohrt. Ich musste schätzen, in welcher Richtung der Bach lag. Zum Wasser musste ich sowieso. Etwas langsamer lief ich dort hin. Es fing wieder an zu nieseln, verdammt. Ich traute mich gar nicht, auf meinen linken Arm zu schauen und hielt ihn einfach mit der rechten Hand ziemlich weit oben umklammert. Nach einer Stunde hörte ich den Bach rauschen, was für ein Glück. Und Silas, er lag dort am Ufer.

11

Ich hatte schon ziemlich viele Verletzungen gesehen. Schnittwunden, Platzwunden, Brandwunden, offene Knochenbrüche, angeschwollene blaue Zehen, abgerissene Nägel aber auch Fingerglieder, gebrochene Nasen und Kiefergelenke, abgeschürfte Haut und rausgefallene Zähne. Ich nutzte jede Gelegenheit, meiner Mutter über die Schulter zu schauen und mir alle ihrer Behandlungsschritte zu merken. Verbände und Nähte anlegen, Salben auftragen, Körperteile stabilisieren, Glassplitter und eingebrannte Kleidung entfernen, Kühlen und Beruhigen. Ich wusste schon früh, wie entscheidend das Ergreifen der richtigen Maßnahmen sein konnte und dass ich mich später nicht auf die Hilfe anderer verlassen konnte, sondern vor allem selbst Hand anlegen musste. Das einzige Problem war nur, dass meine ganze Lehre der medizinischen Notversorgung hinter dem Bildschirm stattfand. Und ich bisher nicht verstanden hatte, dass ich einfach gar nichts wusste. Und jetzt war ich aufgeschmissen.

Ich ging zu diesem leblos wirkenden Körper, der so achtlos auf der Erde abgelegt worden war und legte meine Hand auf sein Schulterblatt. Er bewegte sich nicht. Schon jetzt wusste ich einfach nicht, was zu tun war. War er tot, bewusstlos oder schlafend? Da fiel mir ein, den Puls zu messen, die Atmung zu kontrollieren. Ich begann, ihn umzudrehen. Am besten, ohne seine Schulter auszukugeln. Das war gar nicht so einfach. Obwohl er nicht groß war, vielleicht ein Handbreit größer als ich. Da begann er sich zu bewegen und ich erschreckte mich so sehr, als wäre mir ein Fisch beim Filetieren ins Gesicht gesprungen. Er richtete sich auf und rieb sein Gesicht. Dann schaute er mich an.

„Was machst du hier?", fragte er mit schlapper Stimme.

„Ich hab dich gesucht", sagte ich.

„Was ist mit deinem Arm?"

Ich hatte mich noch gar nicht getraut, meine Jacke auszuziehen. Ich wollte es nicht sehen.

„Ist alles okay mit dir?", fragte ich.

„Ich weiß nicht. Wo bin ich? Ist es morgen früh, habe ich geschlafen? Dieser beschissene Wald, ich kanns nicht mehr sehen. Hast du die Nomaden getroffen, sind sie uns auf den Fersen?"

„Wir müssen schnell zurück, zum Bahnhof, warum bist du in die falsche Richtung gelaufen? Flussabwärts geht's nach Hause, es ist doch ganz einfach."

„In der Nach hab ich keinen Plan gehabt, was weiß ich schon von Flüssen und in welche Richtung die fließen?"

„Lebenserfahrung? Was ist mit den Sternen?"

„Ach jetzt hör doch auf, was soll ich damit anfangen. Probier das mal selbst aus, wirst schon sehen, wie gut das funktioniert."

„Lass mich deine Wunden sehen, bevor es dunkel wird", sagte ich und begann, mich ebenfalls aus meiner Jacke zu schälen.

Mein Oberarm fühlte sich heiß und geschwollen an, ich traute mich aber nicht, hinzuschauen. Die Blutung war wohl gestoppt, auch wenn mich das nicht beruhigte. Bei Silas sah es ganz ähnlich aus, auf die Entfernung zumindest, näher dran traute ich mich. Die Verletzung von dem Bahnmitarbeiter, das war ja wenigstens im Dunkeln, da war eh nicht viel zu sehen. Allerdings erinnerte ich mich noch an das warme Blut zwischen meinen Fingern. Silas hatte eine größere Schnittwunde am Brustkorb und eine durchlöcherte Schulter.

„Wann ist das passiert und hast du die Wunden sofort gesäubert?", fragte ich.

„Nein", sagte er. „Ich hatte kein frisches Wasser, ich hatte gar nichts."

„Kennst du das Wort Wundbrand?", fragte
ich.

„Natürlich", rief er mir entgegen. „Ich kenne
nicht nur das Wort, sondern auch Leute, die daran gestorben sind."

„Okay. Lass uns nicht gleich an das
Schlimmste denken. Eins nach dem anderen."

Ich holte meinen Rucksack und wühlte mich
nach unten zu den Medikamenten durch. Zum
Glück hatte Jaeck mir meine Sachen nicht wegge-
nommen, es war alles noch an seinem Platz. Die
antibiotische Salbe gehörte sozusagen zu der
Grundausstattung eines jeden Haushalts. Wie oft
ich die schon gebraucht hatte. Und Wunddesin-
fektion, damit es erst gar nicht zu einer Entzün-
dung kam.

Als ich wieder aufschaute, sah ich, dass Silas
sich auf die Seite gelegt hatte.

„Was ist los mit dir?", fragte ich.

Er antwortete nicht. Ich suchte weiter in meinem Rucksack nach irgendwas, was möglichst
sauber war. Einen Verband hatte ich noch. Ich
brauchte aber mehr. Ein paar unbenutzte Socken
war das, was da am ehesten noch heranreichte.

„Psst", sagte Silas leise. „Da war was. Hast du
das gehört?"

Ich hielt kurz inne. Ich hörte das friedliche Blätterrascheln in den Baumkronen, ein paar einsame aber große Tropfen, die auf das Laub fielen, das fröhliche Rauschen des Baches.

„Nein. Und selbst wenn. Die Nomaden sind wie Ninjas, die hörst du sowieso nicht", sagte ich.

Ich sah, dass Silas die Augen geschlossen hatte. Schnell ging ich zum Bach. Hoffte, dass das Wasser halbwegs sauber war. Wusch meinen Arm. Ich hätte gerne geweint. Es war so kalt und schmerzhaft, ich konnte immer noch nicht hinschauen. Desinfizieren, Salbe und Verband drauf, hoffen, dass es half. Dann Silas. Ich fühlte seine Stirn und seinen Puls. Ich wusste, welche Handgriffe dafür notwendig waren, aber ich wusste eigentlich nicht, was ich da machte. Er sah blass aus, oder? Ich atmete tief ein und hielt die Luft an. Fleisch. Allein Silas Haut zu berühren, war... wie eine Invasion, eine Grenzüberschreitung. Ich versuchte das so vorsichtig und minimalistisch zu machen wie nötig. Hätte mir gerne Handschuhe angezogen, so als gedankliche Abgrenzung. Ich musste die Wunden säubern. Mein Magen drehte sich schon vorsorglich um. Obwohl gar nichts drin war. Ich goss zuerst Wasser drüber und entfernte gröberen Schmutz. Das ging gar nicht so einfach. Man musste so richtig an dem Fleisch herumkratzen. Dazu eigneten sich meine Nägel am besten. Die ich natürlich vorher desinfiziert hatte. Es war absurd. Ich sah, wie Silas das Gesicht verzog und manchmal unkontrolliert zuckte, seine Augen waren immer noch geschlossen. Ich zog die Schnittwunde mehr in die Länge, um die Gewebespannung zu erhöhen, so ging es besser. Als ich fertig war, waren meine Fingerspitzen rot. Nicht auszudenken, ich müsste das noch nähen. Das wäre zu viel gewesen. Dann kam noch die Desinfektion, antibiotische Salbe und die Verbände. Ich brauchte ein paar Anläufe. Sowas am Oberkörper zu fixieren war... unmöglich? Einen Arm oder ein Bein zu verbinden, okay. Aber Schulter und Brust? Ich holte noch ein T-Shirt, um eine komplizierte Konstruktion, die an moderne Kunst erinnerte, anzufertigen.

Es wurde jetzt langsam dunkel. Ich schaute in Silas Gesicht und er öffnete seine Augen. Ich war froh, dass er wieder aufgetaucht war und nicht irgendwo verscharrt wurde. Wieder ging ich zum Wasser, um meine Hände zu waschen. Ich hatte das Gefühl, mindestens 65% meiner Reisezeit bestand darin, Blut am Bach abzuwaschen.

Wir teilten uns noch die Reste vom Essen und legten uns unter einen großen Baum zum Schlafen.

„Wenn du wieder in der Nacht verschwindest, suche ich dich nicht nochmal", sagte ich.

12

Meine Familie war noch nie sehr naturverbunden gewesen. Ich war froh drum. Es galt sowieso als verpönt und ich hätte auch nicht gewusst, was ich in unserem Garten oder gar im Wald hätte machen sollen. Da wachsen überall Pflanzen, Vögel singen und Insekten summen, und jetzt? Es war langweilig, uninspirierend und meistens zu heiß, zu kalt oder zu nass. Die Sonne blendete. Der Wind brachte die Frisur durcheinander. Vielleicht als ich ganz klein war, war ich öfter mal draußen, aber so mit sieben Jahren nahm das rapide ab. Die schulische Ausbildung begann und ich verbrachte den Großteil meiner Zeit vor dem Bildschirm, um zu lernen. Mathe, Geschichte, Chemie, Physik, Biologie, Technik und so weiter. Durch den Geschichtsunterricht erfuhr ich, dass es vor fünfundfünfzig Jahren den letzten Krieg gegeben hatte. Es ging um die richtige Lebensform und die Gesellschaftsstruktur. Ich konnte nicht verstehen, warum sich Menschen bekriegt hatten, um in der Natur leben zu können. Das ging mir einfach nicht in den Kopf. Auch die anderen Kriege, die so in den letzten 2000 Jahren vonstatten gegangen waren, konnte ich gedanklich nicht nachvollziehen. Das ganze Konzept davon war merkwürdig.

Vielleicht war mein Horizont einfach zu beschränkt dafür. Als ich meinen Vater nach dem letzten Krieg fragte, sagte er nichts. Er war einundsechzig Jahre alt. Karlh sagte, dass es einen zu großen Graben zwischen seiner und unserer Generation gäbe und dass niemand was aus dieser Zeit erzählen wollte, weder von der einen noch von der anderen Seite. Vielleicht will es auch niemand hören. Schließlich ginge es heutzutage eher um die wichtigen Themen medizinische Versorgung und Aufrechterhaltung des technischen Niveaus. Wen interessierte es da, ob jemand die Holzhäuser der Community-Leute in Brand gesteckt oder die technischen Anlagen der Industrie-Leute sabotiert hatte. Wahrscheinlich hatte er Recht. Trotzdem ließ das Thema mich lange nicht los. Wenn man sich die Artikel aus dieser Zeit durchlas – die Konfliktlinien gingen manchmal mitten durch die Familien. Das musste hart gewesen sein. Manchmal las man auch von Leuten, die auf beiden Seiten standen oder diese zumindest miteinander verbinden wollten. Sie wurden irgendwie am meisten gehasst und ich konnte sogar verstehen, warum. Es war eine schwache Position. Die sich natürlich nicht durchsetzen konnte. Dort wollte ich mich nie wiederfinden. Denn der Krieg war zwar vorbei, aber hier schlummerten immer noch irgendwelche Überreste davon.

Morgens wurde der Tag von einem Insekt eröffnet, das über mein Gesicht krabbelte. Ich sprang abrupt auf und wischte mir mindestens hundert Mal über das Gesicht. Und selbst danach fühlte es sich immer noch so an, als wäre es da. Silas schaute mich schlaftrunken an.

Wir machten uns früh auf den Weg und folgten immer dem Bach. Silas war nicht so gut auf den Beinen. Zwischendurch machten wir Pausen und ich versuchte, uns was zum Essen zu organisieren. Es gab nicht viel. Ich konnte diesen Waldboden einfach nicht mehr sehen. Was für ein wunderschöner Luxus war dagegen eine Schotterstraße, ein gepflasterter Weg. Meine Füße sehnten sich elendlich danach. Stattdessen gab es nach dem Regen Schlammlöcher, rutschige Matsche und unbegehbare Abhänge. Und trotzdem, je näher wir unserem Ziel kamen, desto mehr Widerstand regte sich dagegen. Ich verstand das nicht. Ich wollte auf keinen Fall hier bleiben, aber die Aussicht, am Bahnhof tagelang auszuharren und dann irgendwohin transportiert zu werden, war irgendwie... so wenig verlockend. Ich schaute hoch in den Himmel. Die weißen Wolken waren heute schnell. Sie eilten uns voraus. Und brachten hoffentlich keinen neuen Regen.

„Meinem Zeitgefühl nach müssen wir ab hier aufpassen, dass wir nicht auf die Nomaden stoßen", sagte ich zu Silas. „Sie nutzen den Fluss intensiv und von daher wäre es besser, wenn wir auf den Berg steigen und dann schauen, wo es lang geht."

Silas nickte und wir begannen bergauf zu laufen. Was schwieriger war, als ich dachte. Silas konnte sich nicht an den Ästen und Wurzeln hochziehen wie ich, um nicht auszurutschen. Seine Schulter ließ das einfach nicht zu. Wir liefen wieder weiter am Wasser entlang, auf der Suche nach einer besseren Stelle. Irgendwie waren wir im Tal gefangen.

„Wir werden auf keinen Fall hier übernachten", sagte ich. „Vor Einbruch der Dunkelheit müssen wir auf dem Berg sein, wie auch immer."

„Du könntest ruhig sauer auf mich sein", sagte Silas.

„Warum?"

„Weil es meine blöde Idee war diese Abkürzung zu nehmen."

„Ach ja. Stimmt. Ich erinnere mich dunkel. Scheint mir Lichtjahre her zu sein. Ja wenn das nicht wäre, dann wären wir schon längst in

Omsk. Jetzt wäre ich ja schon froh, wenn du nicht an einer Wundinfektion sterben würdest. Du hast doch sonst ein gutes Immunsystem, oder?"

„Keine Ahnung."

„Hoffen wir es... Ach schau mal, hier ist so ein Wildpfad, der nach oben geht. Lass uns den mal versuchen."

Ich füllte schnell noch meine Flasche mit Wasser auf und dann verließen wir den Bach endgültig.

Als wir so auf halber Höhe waren merkte ich, dass Silas nicht mehr konnte. Er sah auch wirklich nicht gut aus. Ich legte seinen Arm um meine Schulter und stütze ihn beim Laufen nach oben. Wir mussten wirklich dringend hier weg.

„Wie kommst du auch nur auf die Idee, dich mit denen anzulegen?", fragte ich kurzatmig, um Silas etwas bei Laune zu halten.

„Mich anlegen? Die wollten mich abstechen. Ganz unerwartet. Ich hatte damit nicht gerechnet und rannte um mein Leben."

„Bist du dir sicher? Mir haben sie kein Haar gekrümmt. Ich meine, nett waren sie auch nicht so ausgesprochen, außer der eine, der war okay. Aber der Rest? Etwas überheblich und roh, wenn du mich fragst."

Ich redete so vor mir hin und merkte, wie Silas neben mir immer mehr zusammensackte. Ich wusste nicht, wie lange ich ihn noch so schleppte, ich traute mich auf jeden Fall nicht, Pause zu machen. Wir mussten möglichst weit kommen.

Oben auf dem Berg. Es war schon stockdunkel. Heute leuchteten die Sterne und der Mond schon fast aggressiv. Zusammen mit Silas sanken wir irgendwo zu Boden. Auf einmal hatte ich Angst, den Rückweg kräftemäßig nicht mehr zu schaffen. Ich fühlte mich nicht nur erschöpft, sondern verloren. Wenn Silas an einer Sepsis krepierte... wäre alles vorbei. Wenn wir nachts aufgespürt werden würden, von wem auch immer, auch.

In dieser Nacht konnte ich nicht schlafen. Egal wie müde ich war. Stattdessen verlor ich mich in den Auroralichtern am Himmel, wie sie hin und her mäanderten. Das kalte grüne Licht, das keinen Weg zeigte, keine Richtung, kein Ende, nur ein Schwimmen im trüben Wasser. Wenn ich in dieser Nacht eingeschlafen und nicht mehr aufgewacht wäre, wäre es okay gewesen. Es gab nichts mehr, was ich wollte. Kein Ziel erreichen, keine Heldentat vollbringen, nicht mein persönliches Glück erfüllen. Mit Silas in meinem Arm verstand ich, dass in dieser Welt nichts davon auf mich wartete. Das Leben war nichts weiter als der Schweif von einer Sternschnuppe, der kurz aufflackerte und dann in tausend Stücke zerfiel. Und nach dem Tod... würden wir hoffentlich als Windkraftanlage wiedergeboren, um den Planeten zu retten. Das wäre praktisch. Oder würden in einer anderen Welt weiterleben, die noch verzweifelter war als diese hier. Traurig. Oder unsere Seelen würden recycelt werden und zu besseren Versionen zusammengesetzt. Die aber eigentlich schlechter waren, aber so war halt das System des Seelenrecycling. Gruselig. Oder würden in eine Fabrik überstellt, um neue Menschenseelen zusammenzusetzten, am Fließband. Bis wir in Rente gehen konnten. Wobei Rente heißen würde, dass man für den Rest des Universums auf einem kalten Planeten die schwarze Materie anstarrt. Zu kompliziert. Oder man würde alle anderen verstorbenen Menschen wiedersehen und mit ihnen zusammen ein Fest des Wiedersehens feiern. Kitschig. Die Gedanken an das Leben nach dem Tod lenkten mich auf jeden Fall etwas ab.

Irgendwann begann es hell zu werden. Die Vögel zwitscherten erst verhalten, dann immer lautstarker und rücksichtsloser.

Silas machte die Augen auf und gähnte.

„Zum Glück bist du nicht tot", sagte ich. „Ich hatte für uns ein paar schöne Szenarien für diesen Fall zurecht gebastelt, aber keine davon passte so richtig."

„Was?", fragte Silas und schaute mich an. „Ich glaube es geht mir schon etwas besser. Endspurt. Los."

13

Der Rest unseres Rückwegs ging schneller als ich dachte. Nachmittags schon sahen wir die Bahnstation, was Silas natürlich anspornte, schneller zu laufen. Ich freute mich auch, aber nicht nur. Als unsere Schuhe das erste Mal wieder gepflasterten Weg berührten, war es ein unglaubliches Gefühl. Noch nie vorher war ich so fasziniert von Beton gewesen wie an diesem Moment. Es war so ein leichtes Laufen, der pure Luxus. Silas nahm als erstes seinen Laptop und lief zu dem Anschluss. Ich trottete weiter hinten vor mich hin und staunte über die Häuser, die mir so riesig und klobig vorkamen. Über die merkwürdige Konstruktion der Straßen und Schienen. Setzte mich schließlich mitten auf den Weg, sank nach hinten auf meinen Rucksack.

Nach einer Weile kam Silas wieder angerannt.

„In drei Tagen kommt schon ein Zug vorbei, dann bekomme ich auch meine Sachen ersetzt und es ist alles wie vorher, herrlich, nicht?"

Er blieb neben mir stehen und schaute unschlüssig hin und her.

„Willst du nicht deinen Eltern Bescheid sagen, dass alles in Ordnung ist? Sie machen sich bestimmt Sorgen", sagte er.

Ich seufzte nur und schloss meine Augen. Nein, wollte ich nicht. Ich wollte gar nichts. Sie würden sich bestimmt denken, dass ich etwas vom Weg abgekommen war. Und wann haben sie sich jemals mal um mich gesorgt, richtig, nie, gab ja auch keinen Anlass. Sorge, Fürsorge, gehörten nicht zu ihrem Repertoire. Auch zu meinem nicht.

„Weißt du, was wir jetzt machen?", sagte Silas, als er sich zu mir niederkniete.

Ich schaute ihn an. Das hier fühlte sich gar nicht wie eine erfolgreiche Flucht, ein grandioser Rettungsversuch oder ein Triumph an. Sondern wie alles, was ich in meinem Leben bisher vollbracht hatte, farblos, lahm und halbgar.

„Wir suchen uns eine Bleibe für die nächsten drei Tage. Ich hab keine Lust, hier am Bahnhof herumzulungern. Okay?"

„Ich weiß jetzt gar nicht, wohin ich gehen will", murmelte ich.

„Warte hier. Ich bin gleich zurück", sagte er und lief irgendwo hin.

Meines Wissens gab es hier kein Hotel. Auf der ganzen Welt gab es nichts, was dem nahe kommen würde, eher das Gegenteil. Es gab nur noch langsam vor sich hin verfallende Siedlungen. Hoffentlich fand Silas wenigstens was zum Essen. Wenn ich noch eine Nacht ohne aushalten musste, dann wäre ich zu einem Hungerkünstler qualifiziert.

Nicht nur mein Magen war leer. Meine Gedanken und Gefühle waren… ausgezehrt. Ich wusste nicht, wie ich darauf reagieren sollte. Kurz dachte ich darüber nach, einfach abzuhauen, solange Silas weg war. Aber ich hatte keine Kraft. Das letzte, was ich wollte, war nach Hause zu gehen. Aber auch nicht weiter reisen. Das alles lief doch darauf hinaus, dass ich mich mitschleifen lassen würde, oder? Treiben lassen wie ein totes Stück Holz. Eigentlich war mein ganzes Leben so gelaufen. Es gab wenige Entscheidungen, die ich bewusst getroffen hatte, es ergab sich alles mehr oder weniger. Die Berufswahl war sowieso eingeschränkt, man musste sich für das entscheiden, was gebraucht wurde. Energie, Medizin, Technik, Infrastruktur, Nahrungsmittel. Leidenschaftslos. Das war sowieso etwas aus dem vorletzten Jahrhundert, etwas mit Leidenschaft machen. Heute war das eine Energieverschwendung. Vielleicht… war mein unfreiwilliger Ausflug in diesen dämlichen Wald partiell… leidenschaftlich gewesen. Die Suche nach Silas, die Gefangenschaft, die Lebensgefahr. Jedenfalls softe Versionen davon. Das Beobachten von Sonnenauf- und untergängen, von Nachthimmeln, Sternschnuppen und Füchsen. Ach, wenn ich so überlegte, war das schon ziemlich kitschig. Das heißt pseudo-gefühlig. Statt Leidenschaft entdeckte ich dort vielleicht nur eine weitere Ebene von Gefühlen, die so flach und standardisiert waren wie die Solarpanels, mit denen die Dächer gepflastert waren. Auch eine Erkenntnis.

„Los, ich habe uns ein schönes Plätzchen gefunden", rief Silas schon vom Weitem.

Es war schon dunkel, als wir dort ankamen. Eine ältere Frau öffnete uns die Tür und ließ uns hinein. Stellte sich mit Aanna vor. Ich fühlte mich unwohl bei jemanden, den ich nicht kannte und dessen Ruhe wir störten. Sie hatte bestimmt besseres zu tun, als mit zwei Landstreichern das Haus zu teilen. Auch wenn ausgemacht war, dass wir ihr ein paar Punkte dafür gaben. Die konnten vielleicht die Strom- und Lebensmittelkosten abdecken, waren aber keine richtige Entschädigung.

„Von den Nomaden haben wir schon viel gehört", sagte sie und schenkte uns heißen Tee ein. „So mancher, der da in den Wald gegangen ist, ist nicht wieder rausgekommen. Und die anderen haben wirre Geschichten erzählt. Habt ihr auch diese Rituale gesehen, bei denen sie ums Feuer tanzen und den Nachthimmel anbeten? Auf so eine Idee muss man erstmal kommen. Außerdem wären sie unglaublich roh, gewalttätig und rückständig. Ich hoffe wirklich, dass sie nächstes Jahr woanders hinziehen."

Ich schaute auf die Spitzentischdecke und verbrannte mich fast am Tee. Das Haus war nicht klein, aber es drückte trotzdem auf meinen leeren Kopf mit seiner ganzen Last.

„Wir hatten einfach Pech", sagte Silas und nahm sich ein paar von den Keksen, die in einer Schale lagen, ich tat es ihm nach. „Eigentlich sollte es eine Abkürzung werden. Aber jetzt ist es zum Glück vorbei."

„Was ist das... ist das Blut?", fragte Aanna, setzte ihre Lesebrille auf und beugte sich nach vorne zu mir.

Ich konnte ziemlich gut die Falten auf ihrer Stirn erkennen und einen silbrigen Ring an ihrer Hand. So welche sah man heutzutage selten, vielleicht ein Familienerbstück, welches nicht an die Gemeinschaft überführt wurde zum Einschmelzen für die Industrie? Schmuck gab es eigentlich nicht mehr.

„Oh, der ist nur aus Plastik", sagte sie, als hätte sie meine Gedanken gelesen. „Von meinem verstorbenen Mann. Seitdem bin ich allein", sie seufzte. „Die Einsamkeit ist doch schrecklich, oder? Ich beneide euch jungen Leute, ihr könnt wenigstens rumreisen."

Es entstand eine längere Pause, in der jeder auf die Spitzentischdecke starrte.

„Aber was rede ich da. Ich könnt gerne mal duschen und eure Verbände wechseln, es ist alles im Bad", sagte sie.

„Kannst du mir noch helfen?", fragte Silas und ich nickte.

Zum Glück sahen unsere Wunden mittlerweile besser aus. Es heilte alles gut ab, auch wenn bestimmt ein paar Narben blieben.

„Du bist so still?", fragte Silas, als ich ihm einen neuen Verband anlegte und mich bemühte, ihn nicht zu sehr anzustarren.

„Ich glaube ich hab in der Zeit, seit ich das erste Mal in den Zug gestiegen bin, noch nie so viel geredet wie vorher."

„Wow. Ja, das unterwegs sein fördert die Kommunikation. Also stimmt es, was Untersuchungen sagen, dass wir immer mehr vereinzeln. Und, wie es ist, so viel zu reden?"

„Anstrengend."

„Soll ich dir auch bei deinem Verband helfen?", fragte er.

„Schon okay, ich mach das lieber allein", sagte ich.

Nachdem Silas geduscht hatte, war ich dran. Es fiel mir schwer, mich von meinen Klamotten zu trennen. Sie waren irgendwie zu meiner zweiten Haut geworden, ich wollte sie nicht ablegen. Auch wenn sie komplett schlammverschmiert und zerrissen waren. Ich schälte mich aus meiner Hose und dem Rest. Kleidung konnte man diesen Haufen eigentlich nicht mehr nennen. Das war der halbe Wald und ein paar textile Fasern. Ich erneuerte den Verband und stellte mich schließlich in die Dusche. Das warme Wasser tat schon gut. Ich beobachtete lange, wie Tannenadeln, Steinchen und Haare sich im Abwasser drehten und im Abfluss verschwanden.

Als ich mich wieder anzog, fühlte sich die neue Kleidung, die ich von der alten Dame ausgeliehen hatte, ungewohnt an. Fast, als würde sie knirschen und quietschen, wäre steif und aus Holz. Natürlich passte sie mir auch nicht richtig, aber es war nichts, was nicht mit einem Gürtel und ein paar Umkremplungen bewältigt wäre.

Aus dem Flur heraus hörte ich, wie Aanna und Silas sich im Wohnzimmer unterhielten. Ich ging zum winzigen Gästezimmer, was wohl als Abstellkammer benutzt wurde, legte mich auf ein dünnes Polster am Boden und schloss die Augen.

Ans Schlafen war nicht zu denken. Auch wenn meine Atmung langsam abflachte, meine Glieder erweichten und meine Gedanken ihre eigenen Wege gingen. In der Ruhe und Dunkelheit hieß das, dass sie sich immer noch mit den letzten Tagen beschäftigten. Sich fragten, ob irgendjemand uns vielleicht bis hierher gefolgt war, in der Nacht einbrechen würde und uns töten. Absurd, aber meinem Kopf schien das ein realistisches Szenario zu sein, sodass er gar nicht davon abließ. Ich sah die Frauen mit den langen Haaren vor mir, wie sie sich umdrehten und sich schreckliche Fratzen zeigten. Wie sie mit Messern und Säbeln auf mich zu stürmten. Wie sie mein Fleisch durchbohrten. Mein ganzer Körper zuckte bei diesem Gedanken zusammen, feine elektrische Schläge rasten durch meine Nervenbahnen. Hörte das Wolfsgeheul, unheimliches Rascheln, knarzende Bäume, lautlose Blitze, strömendes Blut. Ich stand auf und merkte, wie nassgeschwitzt ich war. Wie schwer ich atmete. Verdammte Panikattacken. Erwischten einen gerade dann, wenn man zur Ruhe kommen wollte.

Ich musste schnell raus, um dem Gefühl zu entkommen. Rannte durch das Wohnzimmer nach draußen, schmiss die Tür hinter mir zu. Frische Luft war gut. Lenkte mich ab und erdete mich. Mein Coach hatte immer gesagt, ich sollte mich meiner Angst stellen. Sie tief einatmen. Ich hatte es schon oft versucht. Es half, das schon. Die Angst wurde schwächer, die Verzweiflung blieb. Nichts. Absolut gar nichts hatte ich bisher in meinem Leben erreicht oder gemeistert. Ich wusste nur, wie man richtig Angst hatte, hoffnungslos und verzweifelt war, aber sonst nichts. Und so würde es immer bleiben. Weil das die DNA meines Kopfes war, weil alle Wege dorthin führten, weil der Coach weltfremd war und lehrbuchartig arbeitete. Weil das Schicksal mancher Menschen vorgezeichnet war, ob man es wollte oder nicht. Und das hatte nichts mit einer selbsterfüllenden Prophezeiung zu tun, das war nur ein seltsames Gesetz, über das ich immer wieder stolperte. Und ich dachte noch, mit so einer Reise nach weit weit weg würde ich dem entkommen. Genau das Gegenteil war eingetreten, ich war meinem Versagertum noch nie so nah gekommen wie jetzt in dieser beigen Stoffhose mit den nackten Füßen in der Gartenerde, mit nassen Haaren in der Kälte, mit kraftloser Hand an der bröckelnden Fassade abstützend. Ich wünschte schon fast, ich hätte in diesem Moment ein bisschen weinen können, um die Dramatik zu unterstreichen. Aber ich hatte das schon lange nicht mehr gemacht und wusste nicht mehr, wie man es anfing.

„Willst du noch was von dem Kartoffelauflauf?", fragte Silas, als er die Tür öffnete.

Ich traute mich gar nicht, in sein Gesicht zu schauen. Um nicht noch weitere unangenehme Fragen gestellt zu bekommen, putzte ich meine Füße an dem Türvorleger ab und folgte ihm ins Haus.

Aanna und Silas sahen noch gar nicht müde aus, obwohl es schon fast Mitternacht war. Sie saßen an ihrem Laptop und unterhielten sich mit einem älteren Mann, dessen Kopf am Bildschirm zu sehen war.

„...sie behaupten ja, sie hätten keine Ideologie, was immer ein Zeichen dafür ist, dass auf jeden Fall eine Ideologie existiert, das finde ich ja so faszinierend. Auf jeden Fall, wenn man in der Geschichte lange zurückgeht, hat es solche Gruppen ja immer gegeben. Und sie alle haben immer eins versprochen..."

Silas und Aanna schauten gespannt auf den Bildschirm, während ich mir einen Teller Essen nahm.

„Authentizität. Ein besonderes, echtes, direktes Leben. Dieser Wunsch spricht ja so viele an, gerade heutzutage. Und sie haben ja Zulauf, trotz der schlechten publicity."

Silas schüttelte den Kopf. „Merkwürdig… Und du hast dich viel mit Geschichte beschäftigt?"

„Ja, es ist faszinierend. All diese Dokumente, was man alles nachlesen kann", sagte der Mann.

„Ich finde es bedrückend. Immer wieder wird man darauf gestoßen, wie viele der gravierenden Probleme von heute damals so einfach zu verhindern gewesen wären. Das macht einen doch verrückt."

„Ich weiß. Deswegen will sich ja heute niemand mehr damit auseinander setzen. Aber ich bin auch sehr an dem technischen Fortschritt interessiert, an der Raumfahrt, der Astronomie. Es gibt heute vielleicht eine Handvoll Menschen, die das von den Zusammenhängen noch nachvollziehen können. Zum Glück habe ich Zugang zu den zwei noch funktionierenden Teleskopen und kann die Aufnahmen einsehen, die noch so lange gemacht werden, bis die auch den Geist aufgeben. Mein Freund betreut die Sternwarte und bekommt dafür ein paar Mini-Punkte angerechnet."

„Ich wusste gar nicht, dass es sowas noch gibt… echte Teleskope?", fragte Silas.

Aanna nickte. „Wenn du einmal die Sterne damit beobachtet hast, lässt dich das nicht mehr los."

„Dann weißt du sicherlich was über die Nordlichter", rief ich. Aanna und Silas drehten sich zu mir um.

„Das ist Miera… Und das ist mein Freund Robert", sagte Aanna zu mir.

„Hallo Miera", sagte er, obwohl er mich aus diesem Winkel nicht sehen konnte. „Ja, ich weiß einiges darüber. Und du? Es wundert mich, dass du den Begriff überhaupt kennst, die meisten Menschen können ja nicht mal mehr die einzelnen Mondphasen benennen."

„Die Nomaden haben mir davon erzählt", sagte ich.

Es entstand eine kleine Pause, in der wir alle auf das Laptop starrten.

„Wie hast du das geschafft? Wie hast du ihr Vertrauen gewonnen?", fragte Robert schließlich.

Ich zuckte mit den Schultern und murmelte „ich weiß nicht."

„Erzähl mir alles darüber", sagte Robert und strich sich über den Bart. „Jetzt ist es schon spät, aber morgen? Ruf mich unbedingt an."

„Mach ich", sagte ich.

Wir verabschiedeten uns und gingen alle schlafen.

14

Es war so kalt, als ich wieder aufwachte. Die Sonne brannte auf meine geschlossenen Augenlider. Ich spürte die frische Luft durch meine Nase in die Lungen strömen. Für einen Moment dachte ich, ich wäre immer noch im Wald und unser Entkommen aus ebendiesem wäre nichts mehr als ein Traum gewesen. Ich schreckte hoch. Und lag doch nur im Garten von Aanna. Mein Kopf war schwer und ziellos. Ich konnte mich gerade so dazu aufraffen, reinzugehen.

Aanna und Silas waren schon am Frühstücken. Sie schauten mich an, während sie auf ihren Brötchen kauten. Ich wäre am liebsten weggelaufen. Ihre Blicke auf mir waren so schwer zu ertragen. Sie sahen so ordentlich und normal aus. Ich passte hier doch nicht rein.

„Alles okay?", fragte Silas.

Er war bestimmt froh, wenn er mich übermorgen wieder los war.

Ich ging ins Bad und wusch mir die Erde aus dem Gesicht. Das hatte ich früher schon machen müssen. Das erste Mal, als ich ziemlich klein war, ungefähr vier. Vielleicht war das der erste Versuch, von zu Hause zu entkommen. Die anderen hinter mir zu lassen. Ich wusch die lehmige Erde, weich vom vielen Regen, aus meinen Haaren. Es war nicht so, dass meine Familie so schrecklich war. Ich hab es ihnen bestimmt auch nicht leicht gemacht. Mit meiner Anwesenheit. Meine Versuche, so unauffällig wie möglich zu sein, waren bestimmt anstrengend für alle. Meine Schwester warf mir immer vor, unzugänglich zu sein. Das tat mir weh. Ich war nicht kalt und regungslos.

Ich band meine Haare nach hinten. Wechselte mal wieder meine Kleidung. Später musste ich mindestens drei Stunden Wäsche waschen, so viel war klar.

Meine Eltern fingen irgendwann an, die Türen von innen zuzuschließen. Ich fand immer einen Weg nach draußen. Sie schimpften auf mich. Besonders im Winter. Ich verstand nicht, dass sie Angst hatten, ich würde erfrieren. Meine Güte, so oft kam das auch nicht vor. Vielleicht einmal im Monat. Ich erinnerte mich, dass ich während dieser Nächte oft träumte, ich würde in einem großen Meer schwimmen gehen. Dabei konnte ich gar nicht schwimmen und das Meer war hier ewig weit weg. Ich hatte im Wach-Bewusstsein nicht das geringste Bedürfnis, dieses aufzusuchen. In Video-Aufnahmen sah das Meer entweder wie eine schmutzig-blaue Brühe oder ein wilder Sturm aus. Aber in meinen Träumen war es diese warme sanfte Kraft, die einen mühelos bewegte. Das fühlte sich gut an. Leicht und schwerelos. Vielleicht so, als würde man sehr lange in den Nachthimmel starren und sich darin verlieren. Ich hielt kurz inne. Das war tatsächlich ziemlich cool. Ich vermisste Chris. Vielleicht war er die einzige reale Person, also niemand aus dem Internet, der Wert auf meine Anwesenheit gelegt und mir dies auch vermittelt hatte. Oder ich dachte das jetzt einfach nur, weil wir dieses Zeug geraucht hatten. Das war wahrscheinlicher.

Ich ging wieder rüber.

„Deine Eltern denken bestimmt, dass dir was schlimmes zugestoßen ist", sagte Silas gleich, bevor ich mich gesetzt hatte. „Du musst dich heute bei ihnen melden."

„Ist ja gut. Hätte ich sowieso gemacht", murmelte ich und nahm mir ein Brötchen.

Silas schaute immer noch streng, als ob er mir nicht glaubte.

„Ich hätte auch gerne Kinder gehabt", sagte Aanna und rührte in ihrer Kaffeetasse. „Aber es hatte leider nicht geklappt."

„Ja, es sind ja immer mehr unfruchtbar. Wenn man noch die Schwierigkeiten bei der Partnersuche und die Kindersterblichkeit dazu nimmt ist die Menschheit bestimmt in ein paar Generationen ausgestorben", sagte Silas.

„Ach, das kann sich ja alles noch ändern. Aber wenn alles so bleibt, dann bestimmt... Am schlimmsten ist eigentlich die Einsamkeit. Die kann einen schon mal in den Wahnsinn treiben. Ich kenne hier Leute aus dem Dorf, die gehen gar nicht mehr aus dem Haus. Lassen sich von den Nachbarn ab und zu was bringen und das wars. Man verlernt das Kommunizieren und den Umgang miteinander komplett. Ich bin froh, dass ich Robert habe, aber er wohnt so weit weg. Wenn wir zusammen leben könnten, das wäre so schön", seufzte Aanna.

„Wo wohnt er denn?", fragte Silas.

„In Nordamerika."

„Ach du...", sagte Silas.

Aanna nickte. „Aussichtslos. Aber ich bin einfach nur dankbar, dass wir uns kennen."

Ich stand auf und fing an in meinem Rucksack zu wühlen. Ich musste heute dort dringend mal Ordnung schaffen. Holte das Laptop raus. Stellte es auf Aannas Schreibtisch und schloss es an. Die beiden anderen verließen netterweise den Raum.

Ich starrte den schwarzen Bildschirm an und biss auf meiner Unterlippe herum. Wie sollte ich das jetzt anstellen. Was sollte ich sagen. Einfach schweigen konnte ich wohl kaum. Ich drückte auf den Anschaltknopf. Rief zuerst meine Familie an.

Der Kopf meiner Schwester tauchte auf.

„Hallo", sagte ich.

Sie schaute mich mit einem reglosen Gesicht an. Ich versuchte zu lächeln.

„Alles okay bei euch?", fragte ich.

Sie nickte und schaute im Zimmer herum, als ob sie schnell weg müsste.

„Ich bin noch nicht dort angekommen, wo ich hinwollte… aber jetzt bin ich wieder auf Kurs", sagte ich.

Mein Bruder kam angerannt und rief „hallo Miera", in die Kamera.

„Hallo Kleiner", erwiderte ich und mein Herz verkrampfte sich etwas. Vielleicht war es das Gefühl des Vermissens. Oder die Einsicht, dass ich ihn nie mehr live sehen würde.

„Mama hat sich große Sorgen um dich gemacht", sagte er.

Bevor ich was erwidern konnte, schob meine Schwester ihn mit den Worten „du nervst" aus dem Bild.

„Richte bitte allen aus, dass es mir gut geht", sagte ich noch leise.

„Wen interessiert das schon", erwiderte meine Schwester. „Du bist eh weg. Viel Spaß in deinem neuen Leben."

Sie unterbrach die Verbindung.

Ich atmete tief durch. Sie war also immer noch sauer auf mich und wollte nichts mehr von mir wissen. Sie zeigte dieselbe Blutleere, die sie bei mir beobachten konnte. Ich konnte es ihr nicht vorwerfen, dass sie mein Verhalten widerspiegelte. Aber ich wollte es ihr gerne vorwerfen. Und paradoxerweise schwang ich dann immer auf nett und zugänglich, um sie weich zu klopfen. Es funktionierte nie und ich hatte das Gefühl, sie zwang, manipulierte mich in diese Rolle herein. Verdammt, es war so verstrickt. Das größte Glück auf dieser Erde war wohl, dem entkommen zu sein. All den sozialen Absurditäten von pathologisch halbfunktionierenden Familienmitgliedern. Erleichterung machte sich breit. Dieses positive Gefühl brauchte ich als Antriebskraft, um den nächsten Anruf zu starten.

„Wow, endlich rufst du mal an. Wo bist du?", fragte Karlh und ich konnte nicht genau erkennen, ob er sich freute oder sauer war. Vielleicht eine Mischung davon.

„Wir sind vom Weg abgekommen, dann wurden wir überfallen, ich musste Silas suchen, aus
dem Wald schleppen, es war so furchtbar.“

„Was? Wer ist Silas und wer hat euch überfallen?“

„Ach, es ist auch egal…“, winkte ich ab. „Wir
sind jetzt bei Aanna und warten auf den nächsten
Zug. Es wird alles länger dauern als gedacht…
Wie geht es dir?“

Karlh saß da und rang nach Worten.

„Ich war so besorgt. Ich dachte, dir wäre etwas Schlimmes zugestoßen.“

Mir war was Schlimmes zugestoßen, dachte
ich. Aber wie sollte ich das alles erzählen? Es war
doch unmöglich. Und ich hatte auch einfach keine Lust, die Ereignisse der letzten drei Tage auf-
zuwärmen, ich war froh, dass sie hinter mir lagen.

Wir schwiegen uns an. Ich überlegte zu sagen,
dass ich ihn in den letzten Tagen vermisst hätte,
aber das stimmte einfach nicht. Es war so verflixt.
Selbst sein Gesicht zu sehen, setzte keine bestimmten Emotionen in mir frei. Ich fühlte mich
einfach nur angestrengt und verwirrt.

„Wir haben alles unter Kontrolle. Ich bin einfach nur zu müde, um das alles zu erzählen. Lass
uns später nochmal sprechen, okay?“

Karlh nickte und wir verabschiedeten uns.

Danach war ich endgültig erschöpft. Ich legte mich erstmal schlafen.

15

Irgendwie verschlief ich die nächsten Tage. Es war dann schon Zeit, aufzubrechen. Sagte Silas. Wir wollten doch unseren Zug nicht verpassen. Ich stand auf und fing an, meine Sachen zu packen. Dabei sah ich, dass jemand meine Kleidung gewaschen hatte. Gefaltet und neben meinen Rucksack gelegt. Ich steckte meine Nase in den Stapel, es roch so gut.

Ich ging zu Aanna, sie saß an ihrem Laptop.

„Falls du meine Sachen gewaschen hast, danke. Es war bestimmt eine Zumutung."

„Kein Problem, das hab ich gerne gemacht. Ich habe noch ein paar Stellen ausgebessert, wenn das okay ist."

„Natürlich, danke. Du hast so viel für uns gemacht. Ich hoffe, wir waren eine nicht zu große Last für dich."

„Auf keinen Fall. Wenn ihr wieder in der Nähe seid, könnt ihr immer vorbeikommen."

„Sehr gerne."

„Es gibt da noch etwas. Robert wollte mit dir unbedingt noch über die Nordlichter sprechen…"

„Ach stimmt. Ich ruf ihn gleich mal an, wir haben ja noch etwas Zeit, oder?"

„Mach aber schnell", rief Silas aus einem anderen Zimmer.

Ich wählte Robert an, es dauerte, bis sein Gesicht auf dem Bildschirm auftauchte.

„Oh, haben wir dich geweckt?", fragte ich.

„Schon okay. Die Zeitverschiebung. Bei mir ist es mitten in der Nacht", sagte er und setzte sich seine Brille auf.

„Wegen den Lichtern in der Nacht...", sagte ich.

„Ja, genau. Was genau haben die Nomaden dir darüber erzählt?"

„Nicht viel, wirklich. Sie haben gesagt, dass sie eine Veränderung ankündigen. Dass es... so eine Art Botschaft ist, dass bald was passiert. Ich habs nicht ganz verstanden, es war wirres Geschwätz, wenn du mich fragst."

„Was Genaueres haben sie nicht gesagt?"
Ich schüttelte den Kopf.

„Sie schienen aber den Nachthimmel sehr intensiv zu beobachten, es war irgendwie ständig Thema", erwiderte ich.

Robert runzelte die Stirn und gähnte.

„Ich frage deshalb, weil die Polarlichter merkwürdigerweise wirklich zugenommen haben in der letzten Zeit. Es scheint sich aber außer den Nomaden niemand dafür zu interessieren.

Ich hab da so meine eigene Theorie, aber ich bin kein Experte", sagte er.

„Was?", fragte ich.

„Ach, nur Hirngespinste…"

„Okay, wenn du noch was wissen willst, kannst du dich ja nochmal melden."

„Ja, das mach ich."

„Wir sollten langsam mal los", rief Silas.

„Moment mal", sagte ich noch, „dass die Nomaden sich verstärkt für den Standort der Serverfarmen interessiert haben, hat nichts damit zu tun, oder?"

Robert schaute hektisch hin und her und erwiderte schließlich „was sagst du da?"

„Ja, sie haben mich darüber ausgefragt."

„Oh nein. Das ist sehr schlecht."

„Warum?", rief ich und meine Stimme überschlug sich dabei leicht.

„Wegen des Sturms… hast du ihnen gesagt, wo die Standorte sind?"

„Das wissen die doch eh längst", rief ich wieder etwas überdreht.

„Wir müssen gehen", sagte Silas wieder und zupfte schon an meiner Schulter herum.

„Okay, okay", ich stand auf und wir rannten einfach los, ich konnte mich noch nicht einmal erinnern, ob wir uns richtig verabschiedet hatten. Mir ging so viel im Kopf herum.

Wir rannten und der Zug kam schon angefahren. In letzter Minute sprangen wir rein.

16

In diesem Moment beschloss ich, nicht nach Omsk zu fahren. Nicht, dass ich nicht mehr zu Karlh wollte. Vielmehr wollte ich nicht mehr, dass meine Reise einen festen Endpunkt hatte. Der Zug ratterte unter mir und ich konnte überall hinfahren. Wenn ich wollte, mit dem Schiff bis nach Australien, und dort ganz allein auf meiner eigenen riesigen Insel leben. Ich könnte durch die Wälder ziehen. Oder auf einer Solaranlagen-Farm auf dem afrikanischen Kontinent wohnen. Mit einem Pferd durch die Taiga reiten. Oder meine eigene kleine Sekte starten. Auf jeden Fall nicht in ein Haus einziehen, das wäre doch trostlos.

„Morgen früh trennen sich unsere Wege", sagte Silas und schaute von seinem Laptop auf.

Ich nickte verhalten. Das Problem war, dass ich noch überhaupt nicht wusste, was ich machen sollte. Ewig im Zug herumfahren konnte ich auch nicht, das war teuer und bisher hatte ich wenig gearbeitet, um die Kosten wieder reinzuholen.

„Bist du dir sicher, dass du allein zu recht kommst?", fragte ich.

Er lächelte.

Beim nächsten längeren Halt musste ich Karlh anrufen. Natürlich wusste ich nicht, was ich ihm sagen sollte. Aber es wäre unfair, ihn noch länger auf mich warten zu lassen.

„Vielleicht kannst du mich noch überreden, mit nach Omsk zu kommen", sagte Silas.

Ich kicherte in mich hinein.

Irgendwie hatte ich mich schon an ihn gewöhnt. Der Abschied würde mir sicher schwer fallen. Ob die Einsamkeit mir so gut tun würde? Allein mit den Millionen anderen Menschen auf diesem Planeten? Es wäre gut, wenn ich den nächst besten Job, der sich in meinem Arbeitsbereich anbieten würde, annehmen würde. Das wäre schon mal ein Anfang. Beim nächsten Halt würde ich die offenen Stellen in der Umgebung sondieren, das wäre gut.

„Wir könnten auch immer weiter fahren", sagte ich und krabbelte rüber zur Schiebetür, öffnete sie einen Spalt und schaute heraus, „bis zur Ostküste, bis zum Meer."

Silas Gesichtsausdruck wurde nachdenklich.

Draußen rauschten die Wälder an uns vorbei. Der Himmel war voll mit pompösen weißen Wolken, die in die andere Richtung zogen. Zwischendurch blitzten Sonnenstrahlen hervor und reichten bis zu Erde, so hatte ich das noch nie gesehen.

„Das klingt nach einem klassischen Fall von Reiseromantik", sagte er. „Aber in Wirklichkeit ist es so kalt an der Ostküste und es wimmelt nur so von Bären. Ich glaube das würde dir nicht gefallen."

Als wir die nächste größere Pause machten, hängte ich mich an mein Laptop. Ich hatte so viele Nachrichten in meiner kurzen Abwesenheit bekommen, dass ich gar nicht wusste, wo ich zuerst anfangen sollte. Robert, meine Eltern, Karlh, Aanna, alle hatten mir eine Videobotschaft hinterlassen oder geschrieben, dass ich sie dringend zurück rufen sollte. In der kurzen Zeit konnte ich das nicht. Es warteten auch andere Leute, um an den Anschluss zu kommen. Ich speicherte die Nachrichten ab und entschied mich dafür, Robert anzurufen, schließlich war unser letztes Gespräch irgendwie unvollständig geblieben.

„Oh, ich hab gehofft, dass du dich heute noch meldest", sagte Robert, seine Haare standen wild in alle Richtungen ab.

„Hab ich dich wieder geweckt?", fragte ich.

„Kein Ding. Ähm, ich muss ganz dringend was mit dir besprechen. Ich weiß gar nicht, wo ich anfangen soll", er rieb sich seine Augen und nahm einen Schluck Kaffee.

„Ich hab nicht so viel Zeit, es geht gleich weiter…“

„Hol dir bitte Informationen zum magnetischen Sonnensturm. Entweder habe ich Wahnvorstellungen oder das steht uns bevor. Kein Mensch ist darauf vorbereitet. Wenn das wirklich bald von statten geht, dann… dann kannst du das alles hier einstampfen. Die Online-Kommunikation, die Infrastruktur, die Solarenergie. Aber am Schlimmsten wäre es eigentlich mit der Gesellschaftsstruktur. Alle makrogesellschaftlichen Entscheidungen, die ja online getroffen werden, wären… es wäre nicht mehr möglich, verstehst du?“

„Nein. Ehrlich gesagt nicht. Ich werde mich einlesen. Was konkret ist denn jetzt zu tun?“

„Wir müssen die Menschen informieren. Unsere Industrie-, Energie- und Kommunikations-Anlagen schützen. Für das alles finanzielle Ressourcen anwerben. Du müsstest als Original-Quelle zur Verfügung stehen, kannst du das? Damit es glaubwürdig ist. Ich kann das immer noch nicht glauben, ich hoffe wir schaffen das.“

Ich stand erstmal mit offenem Mund da.

„Am besten ist es, ich bereite da was vor. Es wird ein bisschen reißerisch sein, ein bisschen übertrieben, aber mit grauen Theorieblöcken kommen wir da nicht weiter. Bevor ich das veröffentliche und um Unterstützung bitte, schicke ich dir das zu, okay?"

Ich wollte gerade sowas sagen wie „lass mich da bitte raus", aber es kam mir nicht über die Lippen. Ich nickte einfach nur.

Wir verabschiedeten uns und ich zog mir auf mein Laptop so viele Informationen zu den Stichwörtern, die Robert genannt hatte, wie es nur ging. Die Zugfahrt ging weiter.

Zuerst wollte ich mir das alles allein aneignen. Aber dann überlegte ich es mir anders. Zum besseren technischen Verständnis war es bestimmt nicht verkehrt, Silas einzubeziehen. Es war schon Abend und wir steckten unsere Köpfe über meinem Laptop zusammen, um alle Informationen aufzusaugen.

Es fing noch ganz harmlos an mit dem Erdmagnetfeld, Schwankungen und Polarlichtern. Klang alles wenig interessant. Dann ging es um Sonnenwinde, koronale Massenauswürfe und die Ionosphäre.

„Hast du diesen Abschnitt gelesen?", fragte ich und tippte auf eine Stelle im Text.

Silas nickte langsam.

„Was bedeutet das?"

„Alle Anlagen, die mit Strom versorgt werden, können schwer beschädigt werden. Das wäre
eine Katastrophe.“

„Und hier… ich hab das schon drei Mal über-
flogen… sehe ich das richtig, dass das schon in
wenigen Tagen ablaufen könnte?“

„Ich bin da auch hängen geblieben. Wenn
man die Polarlichter bereits vor ein paar Tagen in
Mitteleuropa gesehen hat, dann kann es theoretisch jede Minute so weit sein. Zumindest die
früheren Aufzeichnungen solcher Ereignisse legen das nahe.“

„Mir wird ganz schlecht.“

„Wenn es solche starken Sonneneruptionen
nur alle 500 Jahre gibt, dann haben wir grad ganz
viel Pech gehabt. Das passt zeitlich. Bist du dir
sicher, dass das Polarlichter waren, was du gesehen hast?“

„Ganz sicher.“

„Oh, mir wird ganz flau im Magen. Wir müssen sofort runter vom Zug und uns um alles
kümmern. Wann ist der nächste Halt?“

„Ich weiß es nicht.“

Wir lasen noch still ein paar Texte, die absolut
nicht beruhigend klangen. Ich fragte mich zudem,
was die Nomaden mit diesem Ereignis anfangen
wollten. Beeinflussen konnten sie es wohl kaum,

es würde einfach über uns hinwegfegen. Sobald die Schockwellenfront auf die Erde treffen würde, wäre nicht nur das Magnetfeld gestört, sondern alle Stromverbindungen, Transformatoren, Oberleitungen, Internetkabel beschädigt.

So schnell konnten sich die Pläne ändern. Von der geplanten Weltreise zur Rettung des Planeten vor dem Totalausfall.

Der nächste Halt war so kurz, dass ich nur schnell zum Internet-Anschluss rasen konnte, ein paar Nachrichten abrief, Robert meine schickte und dann wieder zu meinem Waggon rannte. Auf meinem Weg zurück sah ich, wie jemand aus dem Waggon vor uns seinen Kopf rausstreckte. Ich dachte, ich kannte diese Gestalt. Sie verschwand schnell wieder und in der Dunkelheit war nichts mehr zu sehen.

„Die Nachricht geht in der nächsten Stunde raus. Wir können nur hoffen, dass genug Menschen darauf aufmerksam werden und die finanziellen Mittel bewilligt werden. Robert hat ganze Arbeit geleistet, er hat Aufnahmen von dem Teleskop und irgendwelche Messungen des Erdmagnetfeldes, Bilder der Polarlichter und sowas zusammengestellt, schau es dir an", sagte ich und hielt Silas mein Laptop hin.

Wir stöberten zusammen. Mir fiel dabei ein kleiner Schnitt an seinem Zeigefinger auf.

„Was ist eigentlich mit deinen Wunden, verheilen die gut?", fragte ich.

Silas nickte in dem schwachen Licht des Bildschirms.

„Denk daran, die Verbände regelmäßig zu wechseln. Nimm es nicht auf die leichte Schulter, ja?"

„Ich pass schon auf."

„Naa, ich glaub dir nicht. Ich schau morgen nochmal drauf."

„Bitte!", lachte Silas. „Ich hab übrigens überlegt, meinen Vorgesetzten zu fragen, ob ich nach Omsk kommen kann. Mit den ganzen riesigen industriellen Anlagen werde ich dort sicher eher gebraucht, als irgendwo am Ende der Welt, wo der Abriss auch noch zehn Jahre warten kann."

„Kommt drauf an, ob die ganze Sache mit dem Sonnensturm anschlägt oder nicht. Ich kann es mir irgendwie nicht vorstellen."

„Wer weiß, wenn sich noch mehr Wissenschaftler melden, die das bestätigen, dann kann es ganz schnell gehen. Ich meine, das System ist extra darauf ausgelegt, dass Entscheidungen via Abstimmung sofort getroffen werden können, keine langen Sitzungen notwendig, ein Klick und innerhalb ein paar Stunden werden die notwendigen Maßnahmen eingeleitet."

„Das klingt so einfach. Aber damals, als entschieden wurde, dass ein neues Antibiotikum entwickelt werden sollte, gab es schlicht und einfach niemanden, der das nötige Fachwissen dafür mitbrachte. Also versandete die Sache", sagte ich.

„Das war tragisch."

„Oder als darüber abgestimmt wurde, ob weiterhin Fleisch konsumiert werden durfte oder nicht. Die Hühner in deinem Hinterhof interessiert das auch nicht."

„Naja, das ist ja eine recht belanglose Sache. Ich finde es auch albern. Wer soll das auch kontrollieren. Letztendlich halten die Leute immer weniger selbst Tiere, weil keiner sie schlachten will, oder?"

„Ist wohl eine Frage des Hungers."

„Das Abstimmungs-System ist nicht perfekt", Silas kratzte sich am Hinterkopf. „Aber ich glaube daran. Es ist die fairste, schnellste und gerechteste Möglichkeit, über alles zu entscheiden. Alles ist Allgemeingut und wir alle entscheiden über die Verteilung."

„Solange noch was da ist zum Verteilen, es wird ja immer weniger. Die nächsten paar Jahre sind auf jeden Fall durch die zurückgebauten Ressourcen aus Australien gesichert."

Als ich das so sagte, dachte ich an die paar Tage im Wald bei den Nomaden und es kam mir wie der wirrste Alptraum vor. Zum Glück hatte ich all die Hardware wieder, die das Leben so schön machte. Es fühlte sich einfach richtig an. Nie mehr den ganzen Tag Brombeeren essen und auf Wurzeln schlafen.

„Sind das hier Fotos von deiner Familie?", fragte Silas und war dabei einen der Ordner zu öffnen.

„Hey", sagte ich, „das kannst du nicht einfach so anschauen."

„Warum?"

Ich dachte an das letzte Gespräch mit meiner Schwester und die Nachrichten von meinen Eltern, die ich noch nicht abgehört hatte. An den Tag, als ich ihnen eröffnet hatte, dass ich nach Omsk gehen würde. Meine Mutter sagte, ich wäre zu jung dafür und sollte lieber vor Ort in der Anlage meines Vaters Berufserfahrungen sammelte. Er wollte das nicht. Hatte das Gefühl, wenn ich das machte, würde ich da nie mehr wegkommen. Danach wurde das Thema nicht mehr angesprochen.

„Hast du noch engen Kontakt zu deiner Familie?", fragte ich.

„Nein", sagte Silas. „Meine Eltern sind schon vor ein paar Jahren gestorben und Geschwister hatte ich keine. Es gibt ein paar andere Menschen, zu denen ich regelmäßig Kontakt habe."

„Wolltest du nie eine eigene Familie haben?"

„Doch. Aber dann hätte ich nicht mehr reisen können. Davon kam ich irgendwie nicht los. Jedes neue Projekt ist so aufregend und interessant, da konnte ich nie nein sagen."

Ich dachte an mein über zwei Jahrzehnte dauerndes monotones Leben auf dem Land, bei dem jeder Tag so war wie der andere. Morgens aufstehen, frühstücken, lernen, Mittag essen, Coaching, Abendessen, Schlafen gehen. Zwischendurch vielleicht mal einen Film schauen oder Nachrichten lesen. Später mit Karlh reden. Das wars. Im Vergleich zum Reise-Leben kam es mir so kleingeistig und beschränkt vor. Im Vergleich zum Nomaden-Leben war es so stumpf und leblos. Und im Coaching wurde einem immer gepredigt, wie wichtig Routinen und ein verlässlicher Rahmen für das Leben wären. Ich habe es geglaubt. Und doch bin ich nachts ausgebrochen.

„Ich beneide das", sagte ich. „Bei mir ist es so, dass ich 90% der Zeit nicht weiß, was ich machen soll, ob der Weg, den ich einschlage, der richtige ist und so weiter. Und wenn es im Rückblick der richtige war, dann ärgere ich mich, ihn nicht souveräner beschritten zu haben. Das Hadern ist so anstrengend."

„Ich glaube das ist genau richtig so. Manches sieht bei anderen so leicht aus, aber die Wahrheit ist eine andere. Erst wenn du hinter die Fassade geschaut hast, kannst du es beurteilen. Und das lassen die meisten Menschen heutzutage nicht mehr zu. Und du hast eine der am schwersten zu durchblickenden Oberflächen, die ich je gesehen habe."

„Das stimmt so einfach nicht."

Mittleiweile hatte die Batterie meines Laptops den Geist aufgegeben und unsere einzige Lichtquelle erlosch.

„Doch", erwiderte Silas.

Wir murmelten noch vor uns hin und schliefen schließlich nebeneinander ein.

17

Blut. Der Geschmack von Blut in meinem Mund. Mein Kopf dröhnte. Sofort kroch Panik in jede Nervenzelle. Ich versuchte mich zu bewegen, aber mein Körper war so schwer wie ein Sack Zement. Versuchte meine Augen zu öffnen. Alles schwankte. Ich fasste mir ins Gesicht. Tastete die Wunden und Schwellungen ab. Jemand musste mich bewusstlos geschlagen haben. Ein kleiner Strom von Blut lief über mein Auge, über meinen Mund, tropfte vom Kinn. Mein Blick stellte sich endlich scharf. Als erstes sah ich meine Hände in Rot getaucht. Das wievielte Mal auf dieser Reise? Es war immer noch ein Schock. Ich suchte die Quelle an meinem Kopf, zwischen den Haaren. Presste meinen Handballen mit dem Ärmel drauf, um die Blutung zu stoppen.

Dann sah ich unser verwüstetes Abteil. Ohne Silas. Der Inhalt meines Rucksacks, mein Laptop, alles flog herum, die Waggontür war weit geöffnet. Ich kroch hin und schaute nach draußen. Es war hell geworden, allerdings war es so neblig, dass man kaum was von der vorbeirasenden Umgebung erkennen konnte. Bald müsste unser nächster planmäßiger Halt kommen, der, bei dem ich eigentlich umsteigen wollte. Der Zug nahm eine Kurve und holperte so stark, dass ich mich am Eisenrahmen festhalten musste, um nicht rauszufallen. Irgendwas tropfte auf meinen Kopf. Ich schaute sofort nach oben. Blut traf meine Augen, sodass ich erstmal nichts mehr sehen konnte. Ich wischte mit dem anderen Ärmel in meinem Gesicht herum und richtete mich auf. Meine Beine waren noch so wackelig. Die Blutung am Kopf war wohl gestoppt. Ich hielt mich an dem Eisenmantel des Zuges fest, beugte mich etwas nach draußen und versuchte das Dach zu erspähen. Außer einer Blutlache, von der immer wieder etwas runtertropfte, konnte ich nichts erkennen.

Es gab eine Möglichkeit, hoch zu klettern. Wenn man mit einem Fuß auf den Haltegriff stieg und sich irgendwie hochzog. Aber für solche akrobatischen Künste war ich nicht zu haben. Ich ging zurück und räumte mein Zeug in den Rucksack ein. Fand einen letzten Schluck Wasser in meiner Flasche. Sehnte die nächste Möglichkeit, mein Gesicht zu waschen, herbei. Setzte mich auf meinen Rucksack und brütete in meinem Kopfschmerz, der wie eine Naturgewalt über meinen ganzen Körper vibrierte.

Ich merkte, dass der Zug plötzlich langsamer wurde. Ein paar Häuser tauchten zwischen den Bäumen auf, das hieß hier war wahrscheinlich eine Siedlung und ein Bahnhof. Das Pochen in meinem Kopf wurde stärker. Der Zug hielt schließlich an.

Langsam steckte ich den Kopf aus dem Waggon und beobachtete, was passierte. Zuerst war alles gespenstisch ruhig. Dann sah ich, wie unzählige Menschen aus den Waggons stürmten und zum Internetanschluss liefen. Wild diskutierten und sich drum herum scharrten. Ich steckte den Kopf wieder ein. Das war mir irgendwie nicht geheuer.

Vorsichtig schob ich die Tür auf der anderen Seite des Waggons zur Seite, da wo kein Bahnsteig war. Schielte hindurch. Sah, wie weiter weg Jaeck auf mich zukam. Er hatte einen großen weißen Verband um seinen linken Unterarm. Ich wich zurück, drehte mich zum anderen Ausgang. Eine Frau lief darauf zu, ich kannte sie nicht. Oder vielleicht doch, die Bogenschützin? Das Adrenalin strömte durch jede Pore. Ich stieg schnell auf den Haltegriff und zog mich nach oben auf das Dach des Zuges. Ihre Hand bekam gerade so meinen Knöchel zu fassen. Sie hatte einen verdammt festen Griff, wie eine Schlinge. Zog an mir, ich zappelte dagegen. Und hatte kaum was zum Festhalten, es war alles so glatt. Und glitschig von dem ganzen Blut, das irgendjemand an der Stelle hinterlassen hatte. Ich schaffte es irgendwie mich zu drehen, mit meinem Hintern abzustützen und mit dem anderen Fuß einen kraftvollen Tritt gegen ihren Kopf auszuteilen. Das war wahrscheinlich das Brutalste, was ich je in meinem Leben getan hatte. Und es brachte sofort den Erfolg. Ich hatte so ungefähr eine Zehntelsekunde Vorsprung dadurch. Ich stolperte nach hinten durch. Sprang auf einen anderen Waggon. Wollte um Hilfe schreien, um die anderen auf mich aufmerksam zu machen, aber es kam kein Ton aus meiner Kehle. Es war mir trotz Todesangst zu unangenehm, so eine Aufmerksamkeit zu erzeugen. Bevor ich zu der Gruppe kam, löste sie sich schon auf und die Leute stiegen in ihre Abteile. Bemerkten mich gar nicht, was mir gerade recht war. Ich drehte mich um. Sah die beiden Verfolger nicht mehr. Nicht unten und nicht oben. Das beruhigte mich nicht, das Adrenalin pumpte weiter durch alle Gefäße. Schnell kletterte ich in den Zwischenraum zweier Waggons und schaute zu beiden Seiten, ob jemand noch unterwegs war. Sprang runter. Wollte ich hier bleiben oder nicht. Mein Gehirn war mir gerade keine Hilfe. Nach Omsk umsteigen oder in der verrückten Bahn weiterreisen, vor den Nomaden fürchten. Hier zu bleiben war wahrscheinlich gerade das, was sie wollten. Der Zug setzte sich bereits in Bewegung. Ich lief nebenher, unschlüssig, was ich tun sollte. Alles schien falsch, alles war verkehrt. Was war mit Silas, meinen Sachen und meinen Wunden? Was mit dem Sonnensturm? Die ganzen letzten Wochen liefen vor meinem inneren Auge ab. Die Schmerzen, die Unbeholfenheit, die Orientierungslosigkeit, das Gefühlschaos. Vorne sah ich den Kopf der Frau auftauchen, mit ihrem Bogen. Ich musste schneller rennen, um mit dem Zug Schritt zu halten. Der erste Pfeil flog mir schon um die Ohren. Ich hängte mich an den letzten Haltegriff… und rutschte aus, es war wohl zu viel Blut an mir dran. Versuchte ihn nochmal zu fassen zu bekommen, es fehlten nur ein paar Millimeter. In dem Moment traf mich irgendwas und es wurde wieder alles schwarz.

18

Ich war eigentlich noch nie in meinem Leben richtig krank gewesen. Noch nie was gebrochen, noch nie Fieber gehabt, noch nie mich so elend gefühlt, dass ich sterben wollte. Wie auch, sichere Umgebung, wenig Kontakt zu Leuten außerhalb meiner Familie, gute Ernährung. Ich wusste durch meine Mutter, dass das nicht selbstverständlich war. Dass viele Menschen krank waren und gerade wenn man älter wurde, die Probleme immer gravierender wurden.

Alles funktionierte immer sehr gut. Auch unsere technische Situation. Die Geräte die wir hatten, waren robust und hielten einiges aus. Ab und zu gab es Ersatz. Es war noch nie vorgekommen, dass mal der Strom ausfiel oder gar die gesamte Versorgung zusammen brach. Der Strom und das Internet waren wie die Luft zum Atmen, sie waren immer da, wurden auch dringend gebraucht. Sie waren die Stütze unserer ganzen Gesellschaft, auch wenn ich das damals nicht wusste.

Wenn jemand krank wurde und sich an meine Mutter wandte, war bei einem ernsthaften gesundheitlichen Problem die erste Frage, ob und wie eine medizinische Versorgung notwendig oder möglich war und ob nicht gleich der palliative Weg eingeschlagen werden sollte. Schmerzmittel hatten die meisten genug und auf Vorrat zu Hause. Meine Mutter wog das ab und entschied sich nicht selten für den sanften Weg. Die meisten Menschen, wenn ich das so beobachtete, nahmen das dankbar auf. Die wenigsten klammerten sich an das Leben, selbst junge Menschen nicht. Der Druck kam eher aus der Umgebung, von der Familie. Sie waren diejenigen, die sich nicht trennen konnten. Es war ein großer Konflikt. Der durch die Zuhilfenahme von speziell ausgebildeten Coaches begleitet wurde. Vielleicht wollte deshalb niemand mehr Familien gründen, die emotionale Abhängigkeit war zu hoch. Wie schön war es dagegen, einfach irgendwo allein zu sterben.

Genau das hatte ich jetzt auch vor. Nur dass meine geliebten Schmerzmittel gerade nicht mehr verfügbar waren. Hatte nicht jeder das Anrecht, wenigstens friedlich aus der Welt zu scheiden? Ich wohl nicht.

Als erstes musste ich mich übergeben. Auch mal was Neues. Die Schmerzen schossen durch meinen ganzen Körper und ich erbrach mich immer und immer wieder. Jemand hielt mich fest, doch ich krümmte mich gegen meinen Willen und unkontrolliert. Panik war gar kein Ausdruck.

Mein Fleisch war zu Panik geronnen und zuckte als letztes Lebenszeichen vor sich hin. Es gab auch noch einen Rest Gehirn, das funktionierte. Gerade dann, wenn man es gar nicht mehr brauchte. Die letzte funktionsfähige Gehirnzelle sendete den dringenden Wunsch aus, endlich krepieren zu dürfen. Ich hörte Stimmen um mich. Neben denen, die aus meinem eigenen Kopf kamen. Ich wollte ihnen sagen, dass sie mir gerne den Rest geben dürften. Aber vor lauter Kotzerei kam ich nicht zum Sprechen.

Dann wurde es kurz besser. Ich hatte den absurden Wunsch, mich aufzurichten. Irgendwas mit Weglaufen kam mir in den Sinn. Weit weg. Man hielt mich fest, das machte mich wütend. Ich hörte eigentlich nur meinen Atem, wie er aus dem letzten Loch pfiff. Weglaufen. Ich wollte gerne in dieses Meer springen, von dem ich geträumt hatte. Ich müsste noch nicht einmal schwimmen, es könnte mich einfach wegtragen. Ich versuchte die Hand, die mich festhielt, abzuschütteln. Sie hielt mich nicht sehr kraftvoll fest, sondern eher zaghaft. Schließlich spürte ich eine Umarmung um meinen ganzen Oberkörper. Ich wurde ruhig. Es nahm mir irgendwie den Atem, den Fluchtreflex.

Ich konnte die Augen öffnen. Vorher war das irgendwie nicht gegangen. Als erstes sah ich eine große Blutlache. Ich wusste, dass das aus meinem Inneren gekommen war, dass ich einen großen Teil davon ausgekotzt hatte. Ich spürte wieder die Schmerzen und das Krümmen meines Körpers. Dabei gab ich ein komisches Geräusch von mir. Vielleicht wie das Knirschen einer großen Eisentür. Meine Zähne pressten aufeinander und ich war mir sicher, wenn ich meinen Mund wieder aufmachte, würden sie alle rausfallen. Die Arme um mich wurden kurz fester. Sie halfen mir irgendwie, meinen Körper zusammen zu halten. Vielleicht die erste Umarmung meines Lebens. Es war mir zu viel, aber es war auch wie eine Stütze bei der Schmerzbewältigung.

Nach dieser Welle, die gerade vorbei war, öffnete ich wieder die Augen. Wir waren immer noch im Zug, ob das jetzt gut war oder nicht.

„Es ist alles okay", flüsterte Silas in mein Ohr.

„Was ist passiert?", quetschte ich zwischen den Zähnen hervor.

„Wenn du ganz ruhig bleibst, kann ich Schmerzmittel und Verbandszeug holen, okay? Ich müsste dich nur kurz allein lassen."

„Nein", sagte ich, „bitte erspar mir das. Hilf mir zu sterben, jetzt."

„Hör auf damit. Es ist nur was mit deiner Lunge, der Pfeil hat sie wohl gestreift und du hast

Blut geschluckt. Ich hab ihn gerade rausgezogen, dann hast du dich erbrochen. Das bekommen wir schon hin."

„Silas… wenn du mein Freund bist, tust du jetzt das Richtige. Du kennst die Diskussionen. Lass mich gehen, ich bin am Ende. Tu mir bitte diesen Gefallen."

Er sagte nichts und ich wusste, dass er wenigstens darüber nachdachte. Ich dachte kurz an meine Familie und es tat mir weh. Aber dann dachte ich wieder an mich und die Erlösung von diesem unvollständigen, fragilen, enttäuschenden Leben, dem ich keine Minute nachtrauern würde. Drückte Silas Hand noch fester. Ich spürte seinen Atem in meinem Nacken, seine Wimpernschläge an der Haut.

„Wie soll ich es denn machen?", fragte er.

„Du könntest deine Hände um meinen Hals legen und feste zudrücken", sagte ich.

„Ich weiß nicht, ob ich noch genug Kraft habe. Der Kampf mit diesem Nomaden vorhin hat mich schon ganz schön erschöpft, dann das Gerenne auf dem Dach, das Geklettere, dich mal wieder hochziehen, ich bin fix und fertig."

„Wieso bist du nicht zurückgekommen, wieso hast du mich da allein liegen gelassen?"

Schweigen. Ich krümmte mich nochmal nach vorne, schon wieder so eine Schmerzwelle. Dachte, mein zentrales Nervensystem explodiert gleich.

„Du bist so ein Schwächling", rief ich, „tu es jetzt verdammt. Du kannst gar nichts. Nichts, was ich von dir gesehen habe, hat mich überzeugt. Nur halbe Sachen. Tu jetzt wenigstens das Richtige."

Ich spürte, wie er seine Hände langsam um meinen Hals legte. Ich nahm einen letzten Atemzug. Tat verdammt weh. Gut, wenn ich nicht mehr atmen müsste. Er könnte auch mit einem gezielten Handgriff meinen Hals umdrehen, das wäre für mich noch angenehmer. Aber gut, man sollte nicht zu viel erwarten.

Seine Finger wurden fester. Oh, das konnte nichts werden, das merkte ich gleich. Viel zu wenig Elan, kein Durchsetzungsvermögen. Er ließ die Hände wieder sinken.

In diesem Moment merkte ich, wie der Zug langsamer wurde. Silas stand auf und zog die Tür zur Seite. Wir waren mitten in einer verdammten Großstadt. Ich kannte die Bilder und Videos. Aber jetzt sah ich diese mehrstöckigen Gebäude, die riesigen Straßen, die Menschenmengen. Wir fuhren in den Bahnhof ein, der eine richtige Halle war, nicht einfach nur ein abgebrochener Bahnsteig in der Pampa. Dort standen so viele Menschen, vielleicht Hundert, und starrten auf unseren Zug.

„Was machen wir jetzt…", murmelte Silas leise, „wir müssen raus, wir brauchen medizinische Versorgung, was ist mit den Nomaden. Wir sind so schnell angekommen, der Zug hat anscheinend die Strecke geändert. Wie fühlst du dich?"

Ich konnte nichts sagen, außer ein merkwürdiges Geräusch ausstoßen. Mein Körper brannte wie Feuer.

Die Bahn hielt an und sofort begann das Gewusel vor unserem Waggon.

„Wir müssen dich rausschaffen", sagte Silas und begann, mich vorsichtig aufzurichten.

Ich bekam einen Hustenanfall und spuckte Blut, bewegen ging gar nicht. Silas ging zur Tür und rief „wir brauchen dringend Schmerzmittel" in die Menge. Ich hätte mich am liebsten in Luft aufgelöst. Hier in der fremden Menge zu sein war schlimmer als allein irgendwo zu verrecken.

Ich schloss die Augen. Hörte nur noch meinen dysfunktionalen Atem, das schmerzhafte Heben und Senken des Brustkorbes. Nach dem Gefühl des Brennens wurde mir schlagartig kalt. Alles war so klamm, starr und leblos. Ich ließ alles nur noch geschehen. Meinen Wunsch zu sterben hätte hier sowieso niemand ernst genommen, das wurde mir klar. Sie kamen und wollten mir Schmerzmittel geben, aber ich konnte nichts bei mir behalten, es war zwecklos. Nach einer Weile bekam ich es intravenös. Meine schmerzhaften Verkrampfungen lösten sich langsam.

Silas trug mich heraus. Es kamen ständig Fragen. Was passiert war. Ob es stimmte, dass der Weltuntergang kam. Ob wir wüssten, wann und wie es genau ablaufen würde. Was man dagegen machen konnte. Wer mich so zugerichtet hätte. Ob ich ein Statement abgeben wollte. Was die Nomaden genau im Schilde führten.

Die vielen Menschen um uns herum waren fast noch schlimmer als die Schmerzen. Leiden war etwas, das man allein machen musste, nicht vor den Augen so vieler Fremder. Vor allem bat keiner seine Hilfe an, ich wusste gar nicht, was Silas vorhatte mit mir, wohin wollte er mich tragen?

„Ihr könnt mir folgen", hörte ich eine vertraute Stimme.

Ich öffnete die Augen und sah Karlh. So hatte ich mir das erste Treffen nicht vorgestellt. Er lief vor uns, schob die anderen Menschen zur Seite und schaute gar nicht zu mir rüber. Wir verließen den Bahnhof und waren auf einer großen Straße unterwegs. Ich fragte mich, wie lange Silas mich noch schleppen wollte, ich war doch bestimmt schwer. Und das auch noch mit seiner Schulter.

„Ist es sehr schlimm?", fragte Karlh Silas und sie unterhielten sich außerhalb meiner Hörweite. Ich hörte nur ihr Gemurmel.

Nach einer Weile kamen wir in einer Wohnung an, wo ich auf einem Bett abgelegt wurde. Ich hielt meine Augen weiterhin fest geschlossen und stellte mich tot. Im Inneren meines Körpers fühlte ich, wie die Schmerzen langsam wieder kamen. Sie pochten, wuchsen, drückten gegen meine Organe und Membranen. Von außen wurde mein Körper entkleidet, gesäubert, geschoben, verbunden und wieder angezogen. Ich bekam noch mehr Analgetika und schlief ein.

Aber der schmerzmittelinduzierte Schlaf war nicht erholsam. Ich rannte und rannte und rannte. Mein Fleisch zuckte und zuckte und zuckte. Immer in einem fort wie in einer unendlichen Schleife. Fast schon mechanisch, abgestumpft, sinnlos. Ich versuchte diesen quälenden Schlaf abzuschütteln, dem REM zu entkommen, meinen Körper aufzuwecken, doch er war nicht mehr unter meiner Kontrolle. Schon lange nicht mehr.

Schließlich und unerwartet schreckte ich hoch. Wie in diesem Moment, wenn man kurz vorm Einschlafen war und plötzlich fiel. Oder als würde man lange tauchen und plötzlich wieder an die Wasseroberfläche kommen. Ich beugte mich nach vorne, sog alle Luft in mich ein. Und knirschte gleich vor Schmerz. Oh, das war alles gar nicht gut.

Als ich die Augen aufmachte sah ich, dass es dunkel war und alle schliefen. Silas lag neben mir und schnarchte etwas. Meine Alpträume steckten mir immer noch in den Knochen, sie waren vor meinen Augen, obwohl ich schon wach war. Ich stand vorsichtig und lautlos auf und lief zum Fenster. Dass das überhaupt ging, war irgendwie schon so tröstend. Beim Anblick der fremden und schwarzen Stadt befiel mich eine prophetische Stimmung. Ich war mir sicher, dass mit dem nächsten Sonnenaufgang der Magnetsturm kommen würde, es war nur noch eine Frage von wenigen Stunden. Diese Überlegungen kamen in meinem Kopf gut an, sie waren irgendwie an reale Ereignisse angelehnt und weniger sphärisch wie die Alpträume, die mittlerweile einpacken konnten. Ich heftete mich weiter an diese Pläne. Wenn Jaeck und seine Begleiterin hierher gefahren waren, dann bestimmt, um sicher zu gehen, dass die Serverfarm beschädigt wird. Dass sie nicht vom Netz genommen wird, um das kosmische Großereignis unbeschadet zu überstehen. Wenn ich die Zivilisation retten wollte, musste ich da hin und sie an ihrem Handeln hindern.

19

Zuerst musste ich den Standort der Anlage finden. Ich schlich durch die fremde Wohnung, darauf bedacht keinen Piep zu machen. Im anderen Zimmer sah ich, dass Karlh auf dem Sofa schlief. Irgendwie tat er mir ja leid, wir waren einfach so in seine Komfortzone eingebrochen. Ich sah das Zimmer, das für mich eingerichtet worden war. Es war so sauber und noch etwas kahl. Im Flur lag mein Rucksack. Tatsächlich, er hatte auch den Weg hierher gefunden, das hatte ich gar nicht mehr mitbekommen. Ich packte mein Laptop aus und lief zurück in das Schlafzimmer, wo auch der Schreibtisch mit dem Internetanschluss stand. Beim Zurückschieben des Stuhls knarzte es etwas und ich schaute besorgt zu Silas. Er hörte kurz auf zu Schnarchen und drehte sich auf die andere Seite.

Ich schaltete das Laptop ein. Zuerst sah ich, dass ich 184 neue Nachrichten bekommen hatte. Das war irgendwie verrückt. Ich kannte noch nicht einmal annähernd so viele Menschen, vielleicht fünf Leute außerhalb meiner Familie. Dann sah ich schon die Überschriften-Anfänge für die neuesten Meldungen, es ließ sich einfach nicht vermeiden. Es war unbegreiflich. Die Nachrichten waren geradezu explodiert. Es wurde ein Notfallplan erstellt, ab Mitternacht wurden alle Anlagen der Versorgung, Industrie, Infrastruktur und Kommunikation weltweit abgeschaltet. Ich schaute auf die Uhr. Das war in fünfzehn Minuten. Man sollte sich mit dem Nötigsten selbst versorgen und auf Vorräte zurückgreifen. In den Häusern bleiben und abwarten. Es gab auch Zweifler, ob das nicht alles Panikmache war, Verschwörungstheoretiker, die einen besonders perfiden Plan der Nomaden witterten und mich sogar in diesem Lager verorteten. In diesem Zusammenhang hatte jemand herausgefunden, dass mein Vater im letzten Krieg zu den Communities gehört hatte, auch wenn er damals ein kleines Kind war. Und dass er aus seiner ersten Ehe einen Sohn hatte, der sich der Szene zugewandt hatte. Das schockte mich am meisten und ich musste mich zurückhalten, nicht mehr darüber zu lesen.

Ich wandte mich von den Nachrichten ab und studierte lieber den Standort der Server. Ich überlegte, Robert eine Nachricht zu schreiben und ihn zu bitten, ein Auge auf die anderen Serverfarmen zu werfen, aber dann wurde mir klar, dass in ein paar Minuten das alles hinfällig war. Auf jeden Fall verinnerlichte ich den Weg zu der Anlage und klappte das Gerät zu.

Auch wenn Silas friedlich hinter mir schlummerte, hörte ich seine Stimme flüstern, dass ich das nicht machen sollte. Dass ich mich wieder hinlegen und heilen sollte. Dass ich jetzt sowieso nichts machen könnte.

Ich atmete tief und schmerzhaft durch und stand auf. Auf dem Tisch lagen Schmerzmittel in diversen Verabreichungsformen. Ein Glas Wasser, was ich austrank, ohne zu brechen. Ich wertete das als Erfolg und erste Genesung. In der Küche nahm ich ein scharfes Messer, wickelte es in ein Handtuch ein und steckte es ein. Ging in den Flur und zog mich an. Die Wohnungstür ließ ich nicht ins Schloss fallen, um niemanden zu wecken.

Sobald ich draußen auf der menschenleeren Straße stand, ging es mir psychisch schon viel besser. Raus aus diesen einschränkenden Häusern, die einem die Sicht versperrten. Hier lag alles vor mir, hier war ich frei. Hier konnte mir niemand vorschreiben, wie ich mit meiner Gesundheit umgehen sollte und was gut für mich war und was nicht. Niemand konnte das beurteilen.

Ich lief los, der kühle Wind wirbelte durch meine Haare. Mein Oberkörper war durch die Schonhaltung nach vorne gekrümmt, aber ich lief. Vielleicht würde es noch ein paar Stunden dauern, bis ich dort ankam, wo ich hinwollte. Aber das war okay. Ich und meine Schmerzmittel, wir würden das schaffen.

Nach ein paar Minuten sah ich, dass die wenigen Lichter, die aus den Häusern geschienen hatten, schlagartig erloschen. Es war soweit. Zum ersten Mal wurde die gesamte Stromversorgung abgeschaltet. Wie ging das überhaupt, dass sich wirklich jeder daran hielt? Es könnte ja irgendwo hinter irgendeinem Schalter ein Mensch sitzen, der sich dachte, was für ein Quatsch, da mache ich nicht mit. Vielleicht war das irgendwo so. Aber in der Regel wurden die Entscheidungen der Mehrheit ja umgesetzt, um des Friedens willen. Der war heilig, das war ja auch richtig so. Und wenn sich einer weigerte, wurde er schnell versetzt. An eine Stelle, an der er keine Schalter umzulegen brauchte.

Ich schaute nach oben und betrachtete den Mond, der sichelförmig leuchtete. Er war jetzt die einzige Lichtquelle. Die Wolken zogen an ihm vorbei und verliehen ihm ein mysteriöses Antlitz. Manche der Wolken schienen merkwürdig zu leuchten. Orange? Ich konnte die Farbe nicht wirklich identifizieren.

Langsam verließ ich die Wohngegend der Stadt mit den Häusern und breiten Straßen. Eine alte Statue aus längst vergangenen Zeiten, die irgendwann einen Mann dargestellt hatte, kreuzte noch halb verfallen meinen Weg. Sowas gab es in meinem Dorf natürlich nicht. Nur eine Frage der Zeit, bis das Metall davon eingeschmolzen wurde. Wenn es bis dahin nicht komplett mit dem Grünzeug, was überall wucherte, verwachsen war.

Ich lief hin und setzte mich auf das Ding, um mich etwas auszuruhen. Ein Hauch von Panik breitete sich in meiner Magengegend aus, als ich darüber nachdachte, ob ich das alles schaffen würde. Überhaupt den Weg zu den Servern, geschweige denn das was mich dort erwarten würde. Meine Angst war nicht, heroisch zu sterben oder an meinen Verletzungen plötzlich zu krepieren. Ich fürchtete mich vielmehr davor, zusammenzubrechen, am Wegesrand liegen zu bleiben und ganz ganz langsam vor mich hin zu verenden. So langsam, dass ich die Verwesung meines eigenen Fleisches riechen konnte. Dass ich die Maden dabei beobachten konnte, wie sie mich verspeisten. Man würde denken, dass so etwas beim lebendigen Leibe nicht vorkäme. Das war ein Irrtum. Ich hatte es mit eigenen Augen gesehen, als ich meiner Mutter über die Schulter geschaut hatte. Es passierte mit Leuten, die ohne

Hilfe irgendwo lagen, sich selbst nicht versorgen konnten und so langsam in ihren eigenen Exkrementen vergärten. Das war doch mit Sicherheit der schlimmste Tod, denn sich überhaupt jemand vorstellen konnte. Es schüttelte mich.

Ich stand wieder auf und setzte meinen Weg fort. Ein paar Stunden später sah ich das Gelände, was ich gesucht hatte. Unweit davon setzte ich mich ins Gras und holte das Schmerzmittel raus. Konnte es mir zum Glück subkutan spritzen. Die Beschwerden setzten so langsam wieder ein und ich wollte für alles gewappnet sein.

Das Gelände war riesig und bestand aus mehreren Gebäuden, die von außen vollkommen normal aussahen und alles Mögliche beherbergen konnten. Ich wusste, dass ein Abschnitt dafür genutzt wurde, die technische Hardware für die Server herzustellen und einen der weit entwickeltsten und spezialisiertesten Industriezweige unserer Gesellschaft darstellte. Es war neben der Energieversorgung der einzige Bereich, in den noch richtig Ressourcen und Arbeit reingesteckt wurden, um das bisherige technische Niveau zu halten. Das war teilweise nicht so einfach, da so viele verschiedene technische Disziplinen zusammengebracht werden mussten. Auf jeden Fall war der Server an sich zu einer Art Kern der Gesellschaft geworden, den es zu pflegen und zu betreuen galt, um das Funktionieren der Welt zu gewährleisten.

Alles lag vollkommen im Dunkeln, nur durch das sehr schwache Mondlicht konnte ich überhaupt die Struktur des Geländes erahnen. Ich hielt kurz inne und ließ meinen Blick auf den Gebäuden vor mir ruhen, um jede Bewegung und jedes Geräusch zu registrieren. Dabei hörte ich meinen Atem und meinen Herzschlag, der in meinem ganzen Torso seinen Widerhall fand. Ich war wohl etwas aufgeregt. Über den Himmel flog ein größerer Vogel. Die Wolken schimmerten rötlich-transparent. Im Gebüsch hinter mir raschelte es, wahrscheinlich eine Maus.

Und dann sah ich, wie in dem Fenster eines Gebäudes das Licht kurz anging und gleich wieder verlosch. Ich musste an meinen Vater denken, der bei der lokalen Stromversorgung arbeitete und vielleicht einer derjenigen war, der einen Schalter umlegen musste. Ob er es wohl machte? Ich war mir nicht mehr so sicher, wo seine Loyalitäten lagen. Falls es alles Mist war, was in den Nachrichten über ihn geschrieben wurde, dann tat es mir für meine Familie leid, welches Unglück ich über sie gebracht hatte mit der ganzen Geschichte. Es musste schlimm sein, dass diese

Meldungen jetzt da draußen waren, für alle Ewigkeiten in die Archive gebrannt. Falls aber was dran wäre, dann fragte ich mich, woher irgendwelche Fremden das wussten, aber ich nicht. War meine Mutter schon die ganze Zeit eingeweiht? Sie hätten es uns doch sagen können, es war doch kein Weltuntergang. Nicht das, was uns jetzt bevorstand.

Ich lief langsam einen Weg entlang, den wohl die Angestellten jeden Morgen nahmen. Versuchte auf dem Asphalt lautlos und unsichtbar zu sein. Fühlte in meiner Jackentasche nach dem Messer, wickelte es aus und hielt es griffbereit. Diesmal würde ich mich weder umhauen oder umschießen lassen, das hatte ich mir zumindest fest vorgenommen. Allerdings fühlte ich mich gerade gar nicht stark. Irgendwo wusste ich, dass ich keine Chance hatte. Dass die anderen immer schneller, stärker, geschickter und gerissener waren. Dass sie nicht zwei Mal darüber nachdachten, zuzuschlagen oder zuzustechen. Ich aber schon. Es war bei mir keine Routine. Und mein mit Wunden übersäter Körper bestätigte das. Irgendwie waren die anderen immer souveräner. Meine Mutter, wenn sie einen Kranken versorgen musste, Silas, wenn er durch die Welt reiste, Robert, wenn er die Sonne beobachtete, Aanna, wenn sie Wildfremde bei sich aufnahm und so weiter. Nur ich war von Unsicherheiten zerfressen bis zur letzten Faser.

Bevor ich um die Ecke bog, wurde ich langsamer und blieb schließlich stehen. Stimmen waren zu hören. Ich drückte mich an die Hauswand und lauschte.

„Hast du die externe Stromversorgung aktiviert?", fragte Jaeck.

Aus seiner Stimme hörte ich Erschöpfung, aber auch Aufregung, die nicht so ganz zu ihm passte. Er war sonst der gefasste, stoische Typ.

„Hm", sagte jemand, dessen Stimme ich nicht kannte.

„Wir können los. Wenn wir es noch schaffen, können wir noch zu der Recyclinganlage und der Steuerungszentrale für den Lieferverkehr", sagte wiederum eine Frau, bestimmt die Schützin.

„Die haben keine externe Stromversorgung, hab ich dir doch schon erklärt."

Schock. Das war die Stimme meines Vaters. Meine Knochen gefroren. Irrtum ausgeschlossen, das war er. Was zum Teufel machte er hier? War… Jaeck sein verlorener Nomaden-Sohn? Ich dachte an die letzten Treffen, die wir hatten vor meiner Abreise. Er war wie immer eher desinteressiert gewesen an meinem Weggang. Ich hatte mir nichts groß dabei gedacht, wie immer las er viel und war mit den Gedanken bestimmt woanders gewesen. Als meine Mutter einmal fragte, ob ich die Reise um zwei Wochen nach hinten verschieben wollte, war er dagegen. Er sagte, ich sollte es wie geplant durchziehen und ich wollte das auch.

„Ja, okay", sagte die Frau, „dann lass uns dort hingehen und alles wieder einschalten."

„Das bekommen wir nicht hin, alles passwortgeschützt und streng bewacht, das ist halt Pech jetzt", sagte mein Vater.

„Alles wegen Miera, ich glaubs nicht", sagte die Frau.

„Was hätte ich denn machen sollen? Und außerdem war das dein Fehler, du hast mir nicht gesagt, dass meine Halbschwester durch unser Gebiet reist, in Begleitung von einem Mann", empörte sich Jaeck.

„Das stimmt einfach nicht. Ich hab dich informiert. Wenn du mal einen Moment nachdacht hättest, bevor du alles ausplauderst", sagte mein Vater.

Ich hörte Schritte auf dem Asphalt. Er lief in zwei Meter Entfernung an mir vorbei. Ich hielt den Atem an. Nach einer Weile folgten Jaeck und die Frau ihm. Ich sah ihre Zigaretten in der Dunkelheit glühen. Hoffte, dass der Mond hinter der Wolke bleiben würde, um so wenig Licht wie möglich durchzulassen. Er tat mir den Gefallen nicht.

Nach einer Weile drehte mein Vater sich um und rief: „Ich habe viele Jahre auf diesen Moment zugearbeitet…", seine Stimme brach ab, als er mich an der Wand gelehnt sah.

Ich schluckte und wäre vor Anspannung bald in tausend Teile zersprungen. Wie in Zeitlupe sah ich, wie Jaeck dem Blick meines Vaters folgte und sich ebenfalls langsam umdrehte. Bevor seine Augen mich trafen, rannte ich wie von einem Pfeil getroffen los, in die Richtung, aus der die Gruppe gekommen war. Ich kam mir dabei so langsam vor, als würde ich durch Gummi waten. Meine Orientierung war immer noch so grandios schlecht. Und ich war lungentechnisch angeschlagen.

Ich rannte um das erste Gebäude herum, ohne mich umzuschauen, quasi wie ein Rennpferd mit Scheuklappen. Zwischendurch sah ich ein paar Türen, aber ich traute mich nicht stehen zu bleiben, weil ich vermutete, dass sie abgeschlossen waren.

Eine aufgebrochene Tür, ich sah es sofort. Ein kurzer Blick nach hinten sagte mir, dass ich von drei Leuten verfolgt wurde. Ich riss die Tür auf und stand in einem riesigen und dunklen Serverraum, nur ein paar kleine Lichter blinkten hier und da. Lautlos schlich ich mich hinter die etlichen Reihen von Servern und wagte es das erste Mal einzuatmen. Ach zu scheiße, dachte ich nur. In welch grauenhafter Falle steckte ich nur. Wobei, mein Vater würde es nicht zulassen, dass mir etwas zustieße, nicht? Ich dachte einen Moment an seinen strengen Blick, die Brille, den Dreitagebart. Er hat uns immer beschützt, das war selbstverständlich. Dann sah ich schon Jaeck und die Frau, wie sie herumschlichen und rechts und links alles absuchten. Ich war schmal, ich passte gerade so hinter einen Server. Als Jaeck in die Reihe vor mir lief und die Frau in die andere Richtung abbog, verschob ich meine Position, um nicht gesehen zu werden. Es hatte ein bisschen was von einem Schachspiel.

Der Schmerz im oberen Lungenbereich wurde stärker, der Sprint war wohl nicht so gesundheitsfördernd gewesen. Ich hatte das dringende Bedürfnis zu husten und umfasste das Messer in meiner Tasche. Dann sah ich, wie mein Vater den mittleren Gang entlanglief und Jaeck und die Frau zu sich winkte. Sie steckten die Köpfe zusammen und murmelten Unverständliches. Es schien eine längere Diskussion darüber zu geben, wie nun weiter verfahren werden sollte und sie wurden zwischendurch etwas lauter. Ich räusperte mich währenddessen so lautlos wie möglich in meinen Ärmel hinein und schmeckte etwas Blut in meinem Mund. Durch die Anspannung wurde meine Panik so groß, dass ich dachte, meine Augäpfel platzen gleich, meine Sinne schwinden, mein Gehirn explodiert.

Dann hörte ich die Stimme meines Vaters: „Miera, komm bitte raus. Ich verspreche dir, es passiert nichts. Du entfernst dich von der Anlage und wir lassen dich in Ruhe, okay?"

Ich sagte nichts.

„Sei vernünftig…", eine Pause folgte, „es tut mir ja auch leid, dass wir uns unter diesen Umständen hier treffen."

Blablabla dachte ich. Wie kam ich hier raus und fand den Stromanschluss und deaktivierte diesen, das war die wichtige Frage. Ich dachte scharf nach. Hatte mein Vater nicht mal gesagt, die Kontrollräume befänden sich in der Regel in der Mitte der Anlagen? Schien logisch. Nur würde ich bestimmt Stunden brauchen, um sie zu finden. In meinen Gedanken versunken merkte ich nicht, dass Jaeck sich an mich angeschlichen hatte. Ein kurzes Quietschen der Sohlen hatte ihn verraten. Er war direkt um die Ecke, nur ein Atemzug trennte uns voneinander. Ich holte das Messer raus. Es hatte schon eine verdammt lange Klinge. Hoffentlich war es auch scharf. Ich hatte gleichzeitig Angst davor, es zu benutzen, aber auch genug Adrenalin in mir, um es endlich in warmes Fleisch zu rammen. Das war etwas verwirrend. Nicht das einzige an dieser Situation.

Zwischen dem Surren der Server fragte ich mich, ob Jaeck eine Waffe dabei hatte. Vielleicht auch ein Messer. Ich musste mich darauf einstellen. Er war geschickter damit. Oder sollte ich weglaufen. Oder beides. Ich musste den Überraschungsmoment nutzen. Im Bruchteil einer Sekunde lief eine unzusammenhängende Abfolge von Erinnerungen in meinem Kopf ab. Der strenge Blick von Jaeck, als ich in dem Zelt aufwachte. Hatte er von meinem Vater. Der Verband an seinem Arm. War der rechts oder links? Die Platzwunde an meinem Kopf. Jetzt oder nie. Ich bog um die Ecke und stieß mit voller Kraft zu. So ein Messer brauchte bestimmt viel Schwung, um die Schicht von Kleidung und letztlich die Haut zu durchdringen. Ein Schrei. Es war mir gelungen, das spürte ich gleich. Für einen Moment dachte ich an die gesellschaftliche Norm der Gewaltfreiheit, die ich von klein auf verinnerlicht hatte und fühlte mich miserabel. Zog das Messer wieder raus, warf einen Blick auf mein Opfer und rannte sofort los, zum Ausgang.

Es war mein Vater.

Wie in Trance lief ich durch die aufgebrochene Tür wieder raus, meine Schritte waren leicht und flink. Vielleicht, weil mein Innerstes sich entleert anfühlte. Ich hätte mich verdammt nochmal ergeben sollen, ich war so dumm. Ich hätte nicht versuchen sollen in derselben Liga zu spielen. Das war nicht meine Rolle. Wenn mein Vater da jetzt zwischen den Platinen und Kabeln verblutete, dann… Ich konnte das meiner Familie doch nicht antun. Es war falsch, von Anfang an. Überhaupt das Messer mitgenommen zu haben. Es war noch nicht einmal Notwehr. Ich war schon so wie die Nomaden, nur stand ich auf der anderen Seite. Ich kämpfte für die Technik, für meinen Internetanschluss, für das Online-Voting.

Ein kurzer Blick zum Himmel. Die Wolken so rot wie Feuer. Schnell und gründlich wie ferngesteuert suchte ich im mittleren Gebäude alle Türen ab, schaute alle zwei Sekunden hinter mich. Da. Wieder eine aufgebrochene Tür. Ich stolperte rein und versuchte als erstes, sie von innen zu verriegeln. Schob alle schweren Geräte, die ich so finden konnte, davor. Rannte verwirrt herum, alles voller Schalter. Dann hörte ich irgendwo in der Nähe einen Knall. Eine Explosion. Okay, es war soweit. Hauptschalter für die Notversorgung, da war er. Ich drückte ihn runter.

-20-

Da saß ich. Zwischen den Computern, Generatoren und Temperaturanzeigen. Allein. Während da draußen die Schockfront aus elektrisch geladenen Teilchen herunterging. Schreckliche Gewissensbisse plagten mich. Ich setzte mich auf einen der Bürostühle und versuchte mich zu beruhigen. Meine Finger trommelten auf den Schreibtisch. Ich drehte mich hin und her. Tausend Erinnerungen, Gefühlsfetzen, Gedanken und irrelevante Informationen schossen durch mein Gehirn. Wurden nur unterbrochen von einem schrecklichen Hustenanfall, während dem meine Lunge sich anfühlte, als wäre sie schon länger abgestorben. Das gab mir etwas Trost, denn das hieß, dass ich auch nicht mehr lange zu leben hatte.

Ich überlegte rauszugehen und zurück zu Karlhs Wohnung zu laufen. Aber einerseits wollte ich meinen hart errungenen Geländegewinn nicht aufgeben, andererseits konnte ich ihm und Silas nicht unter die Augen treten. Hatte ich nicht die leidenschaftlichsten Reden auf den Stand unserer Zivilisation, Moral und Normen gehalten und diese verteidigt. So schnell konnte sich das ändern. Als ich das Messer einpackte war es eigentlich schon beschlossene Sache.

Ich stand auf und schüttelte meinen Kopf. Die Selbstzerfleischung strengte auch irgendwie an. Ich lief ein paar Runden und schaute, ob ich irgendwo einen Schluck Wasser auftreiben konnte. Mein Mund war so trocken. Es war nichts da. Ich legte mich auf den Boden. Die Stunden vergingen, ich wusste nicht wie viele, es gab kein Fenster. Die Schmerzen kamen und ich wollte ein paar der Tabletten schlucken, doch ich bekam sie ohne Wasser nicht runter. Mir wurde kalt. Mein ganzer Körper zitterte unkontrolliert. Dann wurde mir so heiß, dass ich Angst hatte zu verglühen. Meine Gedanken spielten noch mehr verrückt. War mein Vater der heimliche Anführer der gesamten Nomaden-Communities gewesen. Wie viele Kinder hatte er noch. Würden sie mich heimsuchen und mich furchtbar leiden lassen. Sollte ich meiner Existenz jetzt und hier lieber ein Ende bereiten. Wie konnte ich das mit den mir zur Verfügung stehenden Utensilien bewerkstelligen. Ich merkte, wie mein Überlebenswille erwachte. Ich wollte nicht sterben. Im nächsten Moment wollte ich wieder nichts anderes. Ich krümmte mich zusammen und wollte weinen. Aber es kamen keine Tränen.

Irgendwann schreckte ich hoch. Die gesamte Stromversorgung war wieder eingeschaltet. Ich musste geschlafen haben. Das Licht und die ganzen Geräte sprangen an, summten und ratterten. Ich versuchte aufzustehen, doch Teile meines Körpers hatten irgendwie aufgehört zu funktionieren. Nach einem gewaltigen und blutigen Hustenanfall zog ich mich auf einen Stuhl hoch. Schaltete einen der Computer an, er zeigte mir einen begrenzten Zugang zum Internet an, da ich nicht die notwendige Autorisation besaß. Ich ging zu der meistbesuchten Nachrichtenseite, die irgendwie den Stand von vor ein paar Tagen anzeigte, da war noch nicht einmal vom Sonnensturm die Rede. Also eine Zeit, in der noch alles in Ordnung war und wir über Australien diskutierten.

Ich verfasste eine kurze Nachricht und fragte, wie der weltweite technische Stand der Server und anderen Anlagen war. Senden. Es war irgendwie ein Klammern an die virtuelle Realität. Vor zwei Tagen wollte ich das noch überhaupt nicht. Aber verdammt, vor zwei Tagen hatte ich noch kein Loch im Kopf und in der Lunge.

Eine halbe Stunde später aktualisierte ich die Seite und wäre fast vom Stuhl gefallen. Tausende von Reaktionen auf meine Nachricht waren eingegangen. Ich überflog schnell die wichtigsten. Tatsächlich waren alle Serverfarmen schwer beschädigt oder komplett zerstört. Außer meiner. Deswegen konnte die ganze Kommunikation überhaupt noch stattfinden. Mit begrenzter Kapazität. Aber sie war da. Neunzig Prozent der Daten waren für immer weg, geschätzt. Teilweise einfach nur komplett ausgebrannt. Bis auf meinem Posten.

Ich kroch zur Tür und versuchte die Barrikaden wegzuschieben. Sie bewegten sich nicht. Jetzt hatte ich mich tatsächlich selbst eingesperrt. Meine Arme waren wie Gummi, sie gaben einfach nach. Mit meinen Beinen konnte ich mich stückchenweise gegen die Kisten und Geräte stemmen und eine kleine Lücke öffnen. Endlich draußen. Auf allen Vieren kroch ich heraus. Der Himmel wolkenlos blau. Das Adrenalin pumpte wieder durch meine Adern, woher diese Reserven auch immer kamen. Ich stand auf und lief zurück in die Stadt, meine neue Stadt.

Menschen kamen mir entgegen, sie stützen mich, sie redeten laut, sie gaben mir Wasser. Brachten mich zu Silas und Karlh. Wir sprachen nicht, umarmten uns dafür, es tat so gut.